el amante

PROHIBIDO

NICOLÁS HYDE

SINOPSIS

Paula siempre fue una mujer con mucha suerte, a la que la vida le sonrió
con un buen trabajo, un físico envidiable, sensualidad y mucho más…
No obstante, su vida da un vuelco cuando se enamora y su matrimonio
no corre con la misma dicha… Con un esposo que la deja abandonada a
la mínima oportunidad, y un hijastro joven, rebelde, y guapo…
La vida para Paula nunca fue tan difícil, en especial porque tiene que
soportar las miradas lascivas de cierto joven que hace que su cuerpo
tiemble.
Un relato donde la seducción incita a lo prohibido.

CAPÍTULO 1

OBSERVÉ LA HORA EN EL MÓVIL... Eran las veinte horas, no faltaba mucho para que el vuelo de Bran aterrizara y viniese a casa. Me pasé las manos por las pantorrillas, destensé el cuello y me puse de pie, dejando unos segundos para que se me resbalase la mayor cantidad de agua. Flexioné una pierna y salí de la bañera en la que me sumergí unos deliciosos minutos atrás.

Enfrente, el espejo vislumbraba mi figura, gracias al vaho solo me pude ver distorsionada. Agarré una toalla y me sequé con cuidado.

Debí admitirlo, tenía el cuerpo sensible y al mínimo toque me excitaba, lo supe, estaba frustrada por culpa de haber estado separada tres largas semanas de mi hombre. Lo extrañaba mucho, no solo porque quería otra de esas extenuantes sesiones de sexo morboso, donde le dejaba tomar mi cuerpo a su antojo, no, también lo extrañaba por muchas razones. Lo quería mucho. Bran era mi todo, lo supe desde el primer momento que lo conocí en aquella fiesta en donde mi amiga, Leanna, me lo presentó. Leanna y Bran fueron vecinos desde jóvenes y, pese a la diferencia de edad, siempre tuvieron una relación fraterna muy cercana.

Si bien, Bran me sacaba más de diez años, quince para ser exacta, no me importó. Desde el primer momento que percibí su encantadora sonrisa, quedé hechizada. Me encantaba su melena encanecida, casi sin ningún cabello oscuro, como lo tuvo de joven. Su barba espesa y blanca era mi delirio, en donde me encantaba enredar los dedos porque a veces la llevaba un poco más larga de lo que debería. Era fuerte, con un cuerpo envidiable para sus cuarenta y ocho años, incluso si no tenía los músculos tan definidos, era todo un espécimen masculino que destilaba testosterona, con su altura, su piel blanca, con algunas pecas en las mejillas, sus hombros anchos y redondos, sus brazos fuertes y torneados. Su rostro era el de un dios antiguo, con sus bellos ojos azules, hundidos y con esas arrugas que le daban más carácter, al lado de sus pómulos altos y las cejas oscuras, ya que era lo único que no terminaba de perder su color original. Su boca… ¡oh, Dios!, su deliciosa boca que le gustaba recorrer mi cuerpo con parsimonia, haciendo alarde de sus habilidades orales, en donde su lengua era capaz de llevarme al nirvana con solo rozarme la piel…

Gemí y me di cuenta de que me estaba tocando los pechos y apretando la toalla que tenía en medio de las piernas.

Me sacudí y agaché para dejar correr el agua de la bañera.

Caminé hasta estar frente al espejo y quité el vaho con la mano, hasta que pude observar mi reflejo con claridad.

Como siempre, la mujer del espejo me devolvió esa mirada brillante y sensual, de color gris, tan gris como una nube a punto de dejar caer el agua sobre una tierra seca que la necesita con añoranza. Admiré mi nívea piel, tersa, la misma que mantuve gracias a la genética y al cuido. Era muy cuidadosa con mi imagen, al final, de eso vivía al ser Representante Farmacéutico. Esa imagen deslumbrante me conseguía abrir las puertas de cualquier consultorio médico. Desde el principio, cuando comencé a trabajar, hará más de diez años, entendí que muchos de los doctores solo se detenían a hablar conmigo cuando se daban cuenta de mis curvas peligrosas, con mis caderas redondas, piernas largas, cintura estrecha, hombros delicados, y unos senos redondos, sugerentes y de buen tamaño. Tenía que ser honesta, era hermosa, aunque, en lo personal, me gustaba más mi rostro que mi cuerpo, tenía unos bonitos rasgos femeninos, con los labios rosados y voluptuosos, los pómulos alzados, sin ser demasiado pronunciados, con los ojos con forma de almendra y unas pestañas largas que me tocaba maquillar bien para que no se notase el color anaranjado. Sí, era pelirroja, una pelirroja con el cabello ondulado, largo, que me llegaba a la cintura, abundante y de un tono espectacular que parecía bronce, un color menos encendido, no obstante, me daba esa apariencia más delicada.

No me podía quejar por nada.

Desenrollé mi cabello del rodete alto que me hice antes de bañarme y me terminé de secar, con cuidado, ya que seguía muy sensible.

Estaba en mis días fértiles. No solo lo intuí por la alarma de la aplicación que tenía en el móvil, sino por cómo reaccionaba mi cuerpo ante el mínimo roce.

También por eso precisaba que Bran viniese hoy.

Lo hablamos meses atrás, quería ser madre. Sí, él tenía a su hijo, un hijo que tuvo con su primera mujer; un matrimonio que no duró mucho. Se casaron jóvenes, cuando apenas eran mayores de edad. Johana, su exmujer, quedó embarazada y los padres les obligaron a casarse, una decisión apresurada que no reforzó su unión, al contrario. No obstante, su hijo estaba mayor, y yo apenas tenía 33 años, estaba en ese punto donde el reloj comenzaba a caminar para nunca detenerse.

Quería un hijo mío, uno al cual criar, cuidar, proteger. Quería ver sus genes combinados con los míos. Vi las fotos de mi hijastro cuando era un bebé y… era precioso, con sus ojos celestes y su cabello rubio, el mismo cabello de su madre.

Ni siquiera tuve oportunidad de ser la «madrastra» de Bruno. Lo conocí unos días antes de la boda, cuando era un adolescente rebelde de 17 años, que ni siquiera se dignó a mirarme, dejó que su padre se disculpara por su desplante y dejarme con el saludo en la boca. En la boda… Ni se diga, llegó tarde, se embriagó e hizo un espectáculo en el que me llamó «la zorra de Bran». Desde ese momento, entendí que era tarde para entablar una relación familiar con el hijo de mi marido.

Me dolió en lo más profundo, y deseé no haber dicho que sí a la propuesta de Bran por acelerar la boda. Me pude haber esperado a conocer a su hijo, entablar una alianza, o al menos una relación soportable. En su lugar, el amor me ganó y terminamos por casarnos seis meses después de conocernos.

No me arrepentía de la boda, pero tenía la impresión de haberle quitado el padre a Bruno

Pobre chico… Estaba en el período donde más necesitaba la figura masculina y, ¿qué hice?, robarle a su padre y llevarlo a otra ciudad, a dos horas lejos de él.

Suspiré.

De nada valía estarse lamentando.

Quizá cuando quedase embarazada y naciera mi bebé podría convencer a Bruno de acercarse a la familia. Aunque, lo cierto es que no volví a verlo después de la boda. De eso ya iban tres años. Al menos su padre le hablaba, pese a tener que presionar a Bran para que lo hiciese, al menos, una vez a la semana.

Era lamentable la situación entre ellos.

Salí del baño y entré al vestidor, donde escogí qué ponerme. Observé con atención la lencería que tenía guardada para momentos especiales. Aquel lo era.

Quizá sería el día en que al fin concebiríamos a un hermoso y saludable bebé.

Bran no estaba muy de acuerdo, decía ser mayor, que a su edad estaba para ser abuelo y todo aquello. Me planté y le hice ver que fue él quien decidió estar con una mujer más joven, que sabía lo que eso significaba.

Inspiré hondo. Solo esperaba que no pusiese excusas, como la última vez que le dije que estaba ovulando y dijo que tenía que hacer una «capacitación», que la aerolínea se lo pidió. Se perdió todo el día, ni siquiera apareció hasta muy entrada la madrugada, oliendo a alcohol.

Recuerdo ese día, fue la primera vez que llegó tambaleándose y me tocó ayudarlo a subir las escaleras.

—¿Quieres tener sexo, cariño? —preguntó arrastrando las palabras, con los ojos perdidos, mientras se trataba de desnudar.

Claro, no tuvimos nada esa noche, no porque él cayera dormido en el segundo que se quitó la camisa, sino porque no me atrevería a tocarlo de aquella manera.

Esa fue la última vez que pudimos concebir, de ahí, la aerolínea cambió su ruta y nos desincronizamos.

Hasta ahora…

Tomé un corpiño de color carne, transparente, con varillas que erguía más los pechos y dejaban un hermoso escote en forma de corazón. Los pezones se entreveían de forma elegante gracias al bordado de sutiles flores. Se abrochaba enfrente, en la liga que llegaba hasta la cintura alta, resaltándola. Agarré la braguita a juego, una pequeña braga que por delante cubría muy poco y por detrás se perdía entre las mejillas.

Eran prendas para excitar, no para llevar por la calle, enseñando más de la cuenta.

Me senté frente al tocador y me maquillé un poco, en especial los ojos, usando el *eyeliner* y la máscara de pestañas de color negro. Además de un labial de color rojo suave, sutil.

Atusé mi cabello y me calcé unos zapatos de tacón, los que más le gustaban a mi marido.

Feliz con el resultado, me levanté y caminé con sensualidad hasta las escaleras, bajé con cuidado. Comenzaba a sentir cómo el calor me reptaba por el rostro, con la sola idea de tener sexo con mi marido, mi ardiente esposo que siempre procuraba mis orgasmos y me hacía explotar de mil maneras.

Al llegar al final de la escalera, escuché el claro sonido de la llave introduciéndose en la cerradura.

Me acomodé con sensualidad, mirando hacia la puerta, con una mano sobre la pared, descansando la espalda sobre esta, las piernas cruzadas con sensualidad, y solo para hacer más llamativa la postura, me bajé un poco el corpiño, mostrando las areolas corales.

Me mordí el labio y puse una expresión lasciva.

La puerta se abrió y sentí los ojos del hombre recorrerme con descaro.

—Pero ¡qué…! —pronuncié antes de cubrirme, perdiendo la compostura, apenas logrando que el cerebro me funcionase un poco y así evitase que mi hijastro me viese casi desnuda.

CAPÍTULO 2

ME TAPÉ LOS SENOS CON DIFICULTAD, utilizando el brazo derecho para ello. Era tarde, me vio casi desnuda, había recorrido mi cuerpo con tal osadía, que hasta se me atascó la saliva a medio camino y el corazón se me detuvo.

La otra mano la posé sobre mi pubis, así evitar que me comiera con esos ojos celestes que de niño lo hacían ver como un querubín, aunque ese que tenía enfrente hacía mucho que no era un niñito.

El ceño se me frunció.

—¡Vaya bienvenida! Y yo pensando que no te haría feliz verme —canturreó con el rostro relajado, sin dejar de admirarme con lascivia.

La mandíbula se me apretó.

—¿Te puedes voltear para que me vaya? —cuestioné molesta por su actitud irreverente.

Alzó una ceja y sonrió con más desfachatez, pícaro.

—¿Por qué lo haría? —Se encogió de hombros—. Me parece que tengo un buen panorama, además, no me apetece observar la puerta.

Con el pie cerró la puerta a su espalda y retrocedí por inercia.

—Te noto nerviosa, Paula, nerviosa, agitada y muy sonrojada… ¿Te sientes bien? —consultó con fingida preocupación.

Lo fulminé con la mirada y retrocedí otro paso, subiendo por la escalera.

No me quería voltear y terminar de mostrarme ante aquel niñato maleducado que no se daba cuenta que estaba hablando con la esposa de su padre.

Me mordí el labio con fuerza y decidí bajar las manos, voltear con rapidez y subir por las escaleras con toda la prisa que los tacones me permitían.

Escuché su silbido y sentí sus ojos paseándose por mi trasero, esos ojos celestes que me quitaron el aliento, pese a que no entendí la razón.

«Solo es la excitación anterior, cálmate» —me dije una vez estuve en el cuarto.

Cerré la puerta de la habitación con llave y sentí el corazón en la garganta.

Bruno me vio, prácticamente, desnuda, con la lencería que preparé para incentivar a su padre y tener una larga noche de sexo.

Dejé salir todo el aire que tenía adentro y me quité los tacones. Me desnudé con pereza, la misma que me impulsó a no desmaquillarme, pese a que ya no tenía sentido seguir «presentable». Incluso si Bran llegaba en los próximos minutos, no podríamos hacer nada.

Tal vez al siguiente día correría con más suerte.

Tomé de los cajones un pijama cómodo: un short que llegaba a medio muslo, y una camisa de tirantes ajustada. Era lo más cubierto que tenía.

Como nunca tuve la necesidad de andar muy vestida por casa, no necesitaba pijamas más largos, más de «señora», en cambio, mi guardarropa estaba lleno de lencería suave y delicada, alguno que otro pantalón corto y camisas de tirantes. Lo demás, era ropa de trabajo, ni siquiera tenía muchos vaqueros... Era una mujer de vestidos ceñidos, faldas tubo, blusas y tacones. Como casi nunca debía vestir informal, no me importaba no tener tantos pantalones, o prendas casuales, me las apañaba con lo que tenía.

Para no tener que mostrarme de nuevo, me puse una bata de seda sobre el pijama.

Inspiré hondo y me infundí de fuerzas para bajar y ver qué es lo que llevó a mi hijastro a irrumpir a esas horas de la noche, sin avisar, cargado con aquella maleta que advertí mientras trataba de cubrirme.

Cerré los ojos y abrí la puerta.

Bajé las escaleras con prisa. Iba descalza, casi siempre iba así por la casa, me gustaba el contacto de mis pies con el suelo, me sentía más tranquila.

Al llegar a la planta baja, lo vi sentado en el sillón, desmadejado, con el móvil entre las manos. Sus dedos delgados y largos se movían sobre el aparato con rapidez.

Me pasé la mano por la melena. No me pude mover, por un momento, mis ojos repasaron a Bruno. Estaba más alto. A los 17 ya era alto, pero creció más, le pasaba a su padre por al menos diez centímetros. No solo era más alto que Bran, sino que también tenía una musculatura envidiable, con la espalda ancha, hombros redondos, una cintura y cadera estrecha. Se dejó crecer la barba, esa barba de un rubio oscuro, como su cabello, que perdió calidez con el paso de los años. Sus facciones eran más varoniles que las de su padre, algo que me pareció insólito. Además, como si eso no fuese poco, llevaba una cazadora de cuero, clara, cremosa, que le ajustaba a la perfección, unos vaqueros oscuros y rasgados en las piernas, así como una camisa negra por dentro que se alcanzaba a ver gracias a que se abrió la cazadora.

Sí, era un jovencito guapo, pero hasta ahí…

Carraspeé y me acerqué a la sala, con la cabeza en alto y una mirada reprobatoria.

—¿Tu padre sabe que estás aquí? —inicié el interrogatorio, sentándome frente a él.

Sus ojos celestes me recorrieron con ardor, desde las pantorrillas, subiendo por mis piernas y muslos cubiertos por la bata, hasta toparse con mis brazos cruzados, cabeza ladeada y el gesto de advertencia que lo hizo inclinarse sobre el sofá y sonreír.

—¿Sabes que la nariz se te arruga cuando estás molesta, en un gesto pueril y bonito? —preguntó con chulería en lugar de contestar, como si estuviera hablando con una jovencita a la que quería conquistar.

Sacudí la cabeza y resoplé.

Tenía que armarme de valor.

¿Quién diría que ese jovencito que me llamó zorra ahora me estaba coqueteando, aunque fuese por molestar?

—¿Podrías dejar tu jueguecito, ponerte serio y contestar lo que te pido? —siseé la petición, observándolo con firmeza.

Su sonrisa se ensanchó.

—Bien, bien, *mami* —pronunció aquello con segundas intenciones, alzando una ceja, divertido—, te voy a responder, seré un niño bueno para que te acurruques conmigo y me duerma abrazadito a ti —se burló con sorna.

La sangre me hirvió, quise levantarme y dejarlo solo, pero no podía irme sin respuestas, en su lugar, me quedé quieta, sin mover un solo músculo, sin apartar la mirada.

Sorbió su nariz y se relajó, abriendo más las piernas.

—Sí, *papá* ya sabe que estoy aquí —respondió al fin, aunque la expresión no le cambió—. Le acabo de escribir, y me dijo que trató de llamarte, pero como no les respondiste…

—¿Qué dijo? —me adelanté, apurada, con el corazón acelerado, y la boca entreabierta, temiendo que, otra vez, me dejase plantada.

—Pues dijo que le salió un vuelo de emergencia, que estaba en la terminal cuando le informaron que uno de sus compañeros se enfermó y querían que lo cubriera. —Se encogió de hombros.

Me desinflé, los hombros se me hundieron y los brazos me cayeron a los lados.

Sentí un vacíó en el estómago. De nuevo lo hizo, se salió con la suya. Bien pudo haberle dicho a otro que lo hiciese. Sabía lo importante que era para mí. Era obvio que el no querer tener hijos lo estaba alejando.

El rostro se me deformó.

—¿Estás bien? —preguntó Bruno sin ese deje burlón, más serio.

Parpadeé y dejé esos pensamientos para después.

Asentí.

—Sí, solo es que quería ver a tu padre —expuse sin más.

—¿Acaso no te quieres quedar solita conmigo? —preguntó con socarronería, volviendo a su actitud juguetona, aunque supe que lo estaba haciendo por diferentes razones.

Bufé.

—¡No digas locuras! —Alcé la cabeza y lo miré. Traté de sonreír un poco—. Ahora, me puedes decir por qué has venido sin avisar, quiero decir, me alegro de verte, Bruno, siempre serás bien recibido en esta casa, una casa que es tan tuya como de tu padre, lo sabes —apunté categórica.

Chistó y dejó caer la cabeza sobre el respaldo del sillón.

—¿En serio no te molesto?, porque parecía que estabas esperando a papá para no dejarlo dormir en toda la noche —indicó con cierto resquemor.

—No miento, Bruno, siempre quise que tu relación con tu padre se mantuviera, que siguiera siendo un padre ejemplar y…

—¿Te crees que era buen padre antes de casarse contigo? —cuestionó con el rictus desencajado, con la mandíbula apretada y el ceño fruncido.

Me quedé sin saber qué decir.

Lo cierto es que desconocía cómo era su relación antes de casarme, aunque siempre sospeché que Bruno me guardaba rencor por haberle quitado a su padre…

Me relamí los labios, nerviosa.

Necesitaba cambiar de tema, porque el aire de la habitación se espesó y me sentí muy incómoda.

—¿Has venido conduciendo? —pregunté con una media sonrisa. Sus ojos vagaron por mi rostro y asintió, mostrándome el casco con un gesto con el que señaló el suelo, sin cambiar el mohín serio, casi enojado.

No me gustó la idea de que hubiera conducido una motocicleta en carretera, era muy peligroso… No obstante, callé el disgusto.

—¿Cenaste? —Alcé las cejas con verdadero interés.

«Ya que está aquí, no estaría mal, al menos, tener una relación cordial» —pensé y me relajé.

Ya en otra ocasión tendría oportunidad para saber sobre qué le llevó a la casa.

Negó con la cabeza y me miró fijo, no de la misma manera descarada de antes, pese a ello, me puse más nerviosa.

—Entonces te voy a preparar algo —dije levantándome del sofá, con cierta ansiedad que me recorrió el cuerpo y estrujó mi estómago.

No supe si me gustaba más su faceta juguetona, o la seria, lo cierto es que las dos me hacían sentir extraña.

Fui a la cocina y saqué lo necesario para preparar un sándwich. Quería las manos y mente ocupadas en otras tareas, en lugar de respirar el mismo aire que mi hijastro.

En definitiva, no se parecía a aquel chico que me gritó que era una zorra, al mismo que se bebió mi copa de champaña y luego la estrelló en el suelo y se fue empujando a los invitados y botando los arreglos florarles.

Me mordí el labio inferior y acabé el sándwich de lonchas de jamón y queso.

Como estaba tan ensimismada, no lo vi entrar a la cocina, mucho menos lo percibí, hasta que me acorraló contra la encimera, hasta que sentí su torso musculado contra mi espalda.

Tragué saliva con dificultad y el cuerpo se me tensó.

—Hueles a manzanas y canela —susurró con la voz rasposa, con sus manos sobre el granito, oliendo mi cabello, metiendo su nariz en la curvatura de mi nuca.

—¿Qué haces? —pregunté tartamuda.

—Solo tengo hambre —alegó con doble sentido.

El corazón apenas me latió y mi respiración era superflua, estaba tan quieta, que ni me lo creía. Solo sentí su cuerpo cobijando el mío, haciéndome sentir pequeña, menuda.

—Me gustan las manzanas —canturreó con malicia.

—Hay en el frigorífico —apunté temblando por su cercanía, incómoda y un poco…

«No, no vayas por ese camino, Paula» —me regañó mi subconsciente y me salí de debajo de sus brazos, escurriéndome entre su cuerpo y la encimera.

—Ahí tienes la comida, también puedes agarrar lo que quieras de la nevera. Y puedes dormir en el cuarto de invitados que hay en esta planta —dije apurada, saliendo de la cocina, sin mirar atrás, con el corazón desembocado, en la garganta, con los músculos apretados.

Escuché su risa baja.

—¿No quieres que duerma contigo, *mami*? —interpeló con sorna, a sabiendas de lo que provocó.

Sacudí la cabeza y subí las escaleras con prisa, hasta llegar a la habitación, la cual cerré.

Me desplomé en la cama y traté de recuperar mi cuerpo, de volver a respirar con normalidad y bajar mi pulso.

CAPÍTULO 3

PASADOS UNOS MINUTOS, me levanté, me quité la bata y fui al baño, donde dejé el móvil.

Desbloqueé el aparato y vi la llamada perdida de Bran, una llamada, y un mensaje donde me decía que iba a estar fuera durante tres días, más o menos…

Cerré los ojos y la mandíbula me tembló del enojo y la frustración.

¡Cómo me hizo eso de nuevo!

Me frustraba su comportamiento, me enojaba ver que no queríamos lo mismo.

Una lágrima tímida y caliente me resbaló por la mejilla, aunque no estaba precisamente llorando. El corazón se me estrujó y me fui a la cama, con el ceño fruncido, dejando el móvil sobre la mesa de noche. Me acerqué a la almohada que él usaba y la olfateé. Todavía conservaba cierto aroma a su colonia suave, fresca, que tan bien combinaba con su fragancia corporal.

Los ánimos me disminuyeron. No solo los sexuales, todos. Pasé por mil emociones en esos minutos, desde la excitación, la sorpresa por la llegada de Bruno y la forma tan… impertinente con la que me miró y habló, pasando por el enojo que Bran ocasionó con su desplante y la tristeza por saber que estaba tan sola como al principio.

Acaricié la almohada y mi mente se llenó con recuerdos de nuestra luna de miel, donde Bran me llevó a las Maldivas e hicimos el amor en todas las posiciones posibles. Era un hombre insaciable, que adoraba mi cuerpo, que le encantaban mis curvas peligrosas. Le fascinaba meterse a su boca caliente mis pezones, erguirlos, darles pequeños mordiscos, para luego acariciarlos con su lengua. Así como le encantaba azotarme mientras me tomaba por detrás, mientras su enhiesto pene se adentraba en mi vagina sin dificultad, gracias a que, con él, siempre permanecía húmeda, porque era mi mayor delirio.

Contemplarlo desnudo, con el rostro tintado, el gesto concentrado y relajado, al mismo tiempo, sus ojos fijos en nuestra unión, sus manos en mis caderas, empujando con fuerza, en lo más profundo de mi ser, era todo un deleite.

Borré esos pensamientos porque me estaba calentando y no tenía la posibilidad de desfogarme con nada, bueno, más bien no tenía ganas, ya que tenía un consolador muy bonito, que me compró Leanna como regalo de la fiesta de soltera. La mayoría de mis amigas me regalaron lencería, pero no, ella quería dejarme algo más.

«—Para cuando Bran esté fuera» —dijo y me guiñó un ojo, tan osada como era ella. La extrañaba, era una pena que ya no viviéramos cerca.

No tenía ganas de usar el consolador, aunque debí admitir que últimamente lo usaba más de la cuenta. No solo porque mi marido me dejaba sola, sino porque nuestros encuentros disminuyeron, no tanto, pero… pese a que me dolía reconocerlo, Bran ya no me deseaba igual, o al menos esa impresión me daba.

Suspiré profundo y me abracé con más fuerza a su almohada.

Despejé la mente y me dormí a los minutos, no supe cuánto, solo supe que quería desconectar la cabeza y ya no pensar en todo aquello que me ponía mal.

*　*　*

Me desperté por la mañana, era domingo, así que no tenía nada por hacer.

Estiré las piernas y brazos. Me levanté de la cama y fui al baño, donde me arreglé un poco, quitando los restos de maquillaje que, por descuido, dejé del día anterior. Desmaquillada, regresé a la habitación.

El sexo me palpitó. Tuve un sueño de lo más candente, donde tenía sexo del más fogoso con mi marido.

Sentí la incomodidad de la tela, los pezones los tenía erguidos y los pechos sensibles, pesados. Una punzada excitante me recorrió el cuerpo y me desnudé sin dudarlo, sin pensarlo.

Llevaba caliente durante bastante tiempo, necesitaba dejar salir el ardor de mi cuerpo, de mi mente.

Abrí uno de los cajones del buró y saqué el consolador de color rosado pálido, que vibraba en dos velocidades.

Me mordí el labio inferior y lo encendí. El corazón me latió con fuerza, y la humedad me descendió por el sexo hasta los muslos.

Tenía tantas ganas de un buen orgasmo...

Llevé el aparato a mi boca y lamí la punta, con cuidado, imaginándome el miembro de Bran, ese pene hermoso, blanco, con la punta colorada, ancho y majestuoso, aunque su tamaño era normal, lo usaba con tal pericia, que no me podía quejar en lo más mínimo.

Bajé el aparato y rodeé mis senos que vibraron.

Gemí cuando lo acerqué al pezón y la entrepierna me pulsó.

Fui a la cama y me acosté en medio, me abrí de piernas y recorrí mi abdomen con el consolador. Lo bajé hasta que se topó con mis húmedos labios vaginales. Jadeé y me retorcí, cerrando los ojos.

Lo metí entre mis pliegues y me lo encajé con un brusco movimiento en donde lo empujé hasta el fondo.

El aire se me salió de los labios en una exclamación suave y delicada.

Me estremecí de pies a cabeza en un escalofrío delicioso que me hizo cosquillas en los lugares adecuados.

Comencé a mover el aparato con prisa, necesitaba aquello. Las piernas se me abrieron y flexioné las rodillas. Me pellizqué los pezones y jadeé una y otra vez.

Las caderas se me movieron en círculos y apreté mi pezón derecho con inquina, estaba a punto de llegar y...

La puerta se abrió de improvisto.

—Oye, ya tengo la... —dijo Bruno, y se cortó a mitad de la frase cuando se dio cuenta de lo que estaba haciendo.

Como pude, me arropé con la sábana, rápido, en un movimiento con el que me cubrí el sexo y parte de los pechos.

El vibrador resonó en la habitación, era lo único que se escuchaba.

Quedé petrificada, en blanco. El deseo se me bajó, más bien salió de mi cuerpo como alma que se lleva la muerte.

Los ojos se me abrieron y lo miré. Bruno, tan descarado como parecía, se recostó en el marco de la puerta y me observó con detenimiento. Sus ojos repasaron mis piernas abiertas, subió justo donde la sábana me estaba cubriendo y donde el aparato seguía vibrando, pese a que, al apretar los músculos internos se salió, todavía lo podía sentir en los encajes. Ascendió por mi abdomen oculto y mis pechos a medio cubrir. Tenía el cabello enredado sobre la almohada, lo que le daba el toque final a la estampa de «recién follada» que debí tener.

—¿Qué haces aquí? —grité una vez salí del estupor, respirando con dificultad, aunque eso hacía que los pechos se me inflaran y sus ojos repararan en ellos.

Jalé más la sábana, pero era imposible cubrirme del todo. Junté las rodillas y jalé otro poco más, para así ocultar los senos.

—Oh, por mí sigue con lo que estabas, no me importa verte tener un orgasmo —canturreó con la mirada puesta en mi cuerpo, de esa forma tan...

La mandíbula se me apretó con fuerza, hasta que los dientes me rechinaron, y lo miré enojada.

—¿Por qué carajos no tocas antes de entrar a la habitación de una persona? —cuestioné molesta, deteniendo la sábana con una mano y con la otra metiendo las piernas debajo de esta, para que ya no pudiera ver nada.

Una sonrisa ladina se le extendió en los labios y sus ojos brillaron, el celeste tomó fuerza.

—Venía a decirte que hice panqueques de desayuno, aunque veo que tu desayuno es mejor —se burló para luego guiñar un ojo.

El enojo me hizo que la cara se me calentara y el ceño se me frunciera más.

Agarré la almohada que tenía al lado y se la aventé.

—¡Fuera de mi cuarto! —grité furiosa.

Se rio por lo bajo, dio media vuelta y salió de la habitación, cerrando la puerta a su espalda.

Cerré lo ojos y chillé con un gritito que me quedó atascado en la garganta.

Estaba tan enojada... No solo porque me había interrumpido, bajado los ánimos y, de nuevo, me vio desnuda, esa vez, hasta lo más profundo...

«¡Qué rabia!»

Frustrada y sin ganas de nada. Apagué el aparato y lo lancé al otro lado de la habitación.

Me levanté de la cama, todavía sosteniendo la sábana contra el cuerpo, con miedo de que volviera a abrir la puerta y me viera como llegué al mundo.

No, de ningún modo dejaría que ese mocoso se atreviera a mirarme de nuevo desnuda.

¡Era un morboso degenerado!

¿Acaso no se daba cuenta que era una mujer que estaba acostumbrada a estar sola por casa y tenía necesidades? No, solo irrumpía y aprovechaba para vagar con la mirada sobre mis montes y valles.

Llegué a la puerta de la habitación y cerré con llave. Su sonrisa maliciosa y libertina me cruzó por la mente y deseé borrársela de un bofetón.

¡Era un descarado, un niñato!

Me sacudí y tiré la sábana contra la cama.

Necesitaba una ducha, una ducha muy helada, que adormeciera mis atribulados sentidos y nervios, que durmiera mi excitación.

*　*　*

Limpia, oliendo a rosas, porque no me atreví a usar nada que oliera a manzana, me vestí para pasar el día fuera de casa. No pretendía huir, pero no tenía ganas de enfrentarme a esos ojos escrutadores que devoraban cada centímetro expuesto de mi piel.

Me puse un vestido ajustado que no podía usar con sujetador gracias a que era escotado de la espalda y flojo del frente. No había problema, tenía todavía los senos firmes, así que no tenía por qué avergonzarme, además, no estaba mostrando nada, no se me trasparentaba ni la sombra de los pezones, estaba tranquila con ello.

Me calcé unas sandalias planas y me puse unas gafas de sol porque no quise maquillarme en absoluto. No por pereza, sino por haber llevado el maquillaje durante la noche. Mi piel se resintió.

Metí algunas cosas a la cartera. Estaba pensando ir a la playa. A recostarme en la arena y leer un poco. No era mucho de nadar, pero de todas formas metí dentro del bolso un traje de baño, uno blanco que dejaba poco a la imaginación, no obstante, me encantaba cómo resaltaba mi cabello cobrizo. De todas formas, los bañadores eran una burla, cada vez los sacaban más pequeños, más delicados y finos.

Me peiné el cabello y salí de la habitación, dejando todo tirado. Ya luego recogería.

Bajé a la primera planta y me lo encontré, desmadejado sobre el sofá, sin camisa, mostrando su trabajado torso que me detuvo a mitad de la escalera y me hizo reconocer que tenía un cuerpo increíble, aunque era un majadero.

Me sacudí y erguí la cabeza.

—Me voy —avisé sin más, terminando de bajar las escaleras, encaminándome a la salida.

—Espera —me detuvo, incorporándose del sofá con rapidez. Me giré un poco para observarlo de reojo—. ¿Dónde vas? —cuestionó con interés, sin una pizca de ese humor lascivo que siempre lo acompañaba, al contrario, parecía estar reclamándome por salir.

Lo enfrenté alzando una ceja.

—¿Qué más te da? Soy adulta, Bruno, y como si eso no fuese poco, soy tu *madrastra* —enfaticé con autoridad—. No soy tu igual, que te quede claro —apunté y me giré.

Sentí sus ojos entornados sobre mi espalda desnuda.

Bufó por lo bajo.

Antes de abrir la puerta, me giré del todo y lo miré con inquina.

—Además, para la otra, toca la maldita puerta, carajo. No es tan difícil saber que a veces no se debe entrar a la habitación de otros sin llamar primero —puntualicé enojada.

Pasó de estar serio, a sonreír. Sus ojos se iluminaron y me admiró desde su posición, metiendo las manos en los bolsillos de su pantalón de chándal.

—A la otra también me podrías pedir ayuda —dijo con sorna.

Negué ante su comentario fuera de lugar.

No, no iba a caer en sus jueguecitos.

—¡Me voy! —anuncié girándome y agarrando el pomo de la puerta.

—Adiós, *mami* —se despidió con un tono de voz sugestivo.

Puse los ojos en blanco y salí de la casa, directo al auto.

Vi su moto estacionada al lado, en el lado donde debía estar el auto de Bran, aunque casi siempre estaba en el aeropuerto, donde rentaba un puesto para mantener el vehículo a su disposición.

Respiré hondo y dejé salir toda esa vibra negativa de mi ser.

Solo quería un momento de paz y tranquilidad, lejos de mi *hijastro*, de ese jovencito majadero y…

«¡Calma, Paula, calma, déjalo pasar, solo es otra muestra más de su rebeldía…!» —me dije para sosegarme.

CAPÍTULO 4

ME CAMBIÉ EN EL BAÑO DE LA PLAYA, poniéndome el pequeño bikini blanco que llevé. Me vi en el espejo y me reacomodé los senos para cubrirme lo más posible, aunque, siendo honesta, era casi imposible. El traje era muy pequeñito, hecho con una sencilla tela blanca con un bordado en el escote y en los laterales de la parte baja. El sostén era muy revelador, y de paso, no tenía relleno o doble tela para encubrir mis pezones. En realidad, dudé que fuese hecho para nadar, era más bien para modelar, para tomar el solecito. La parte baja era pequeñita, apenas cubría lo necesario y la parte trasera se me metía entre los mofletes y el pequeño triangulo que sobresalía estaba hecho del mismo bordado que el escote, dándole cierta apariencia «editorial».

Inspiré hondo al observar mi reflejo. Sí, me veía arrebatadora, y sí, tampoco pretendía meterme al océano, así que no tendría problema, no obstante, no estaba del todo cómoda.

—No importa, Paula, no hay casi nadie en la playa —me reconforté.

Me hice una coleta alta, en la que amarré mi cabello rojizo y salí del baño, tomando mis cosas.

En efecto, en lugar estaba casi vacío, y es que el clima no estaba propicio para pasar un día en la playa; el mar estaba frío, lo sabía incluso sin meterme, sin embargo, estaba tan… «caliente», que no sentí que estuviese fresco.

Extendí una toalla en la arena, me descalcé y me recosté sobre la tela, acomodándome de forma casi sensual, con una pierna encogida un poco, la otra estirada y apoyada sobre las manos, sin recostar la espalda.

De joven, tenía la costumbre de posar allá a donde iba, una práctica que me quedó incluso cuando no pretendía hacerlo.

Me salía natural, eso de posar y tener cierta actitud casi erótica, me salía sola. De cierta forma, era parte de mi encanto, de quien era, de lo que hizo que Bran se interesase en mí, además, me gustaba atraer la mirada de los hombres, ¡para qué negarlo!

Me relajé un poco más. Seguía caliente, no pude saciar mi libido esa mañana y… estaba frustrada. Como si eso no fuese poco, estar con ese pequeño bikini que me rozaba en los lugares correctos…

¡Dios, tenía calor!

Me reacomodé mejor, llevando la espalda a la toalla y en el movimiento sentí cómo mis pezones se rozaban deliciosamente con la tela del sostén, algo que casi me sacó un gemido.

Necesitaba a Bran, quería tenerlo en casa por más de una razón.

Busqué el celular entre las cosas, lo desbloqueé y llamé a su número. Me quedé con el móvil pegado a la oreja por unos segundos. Uno, dos, tres, cuatro y cinco tonos… No respondió.

Me mordí el labio inferior, con fuerza, molesta por tanto desplante. Porque sí, ese era Bran, dejándome fuera de su vida. Dudé mucho que a esa hora no estuviese en tierra firme.

¡Ni siquiera me puso un mensaje!

Cerré los ojos y suspiré.

Quizá solo eran locuras mías, quizás era un vuelo largo, o tal vez estaba descansando. En cuyo caso, de todas formas, me sentí dejada, olvidada, dejada atrás como una media que no tiene par.

Las entrañas se me removieron y deseé que lo nuestro fuese como antes, algo que era imposible.

Parecía que lo estaba perdiendo, y si era así, en dónde me dejaba a mí.

Negué con la cabeza y aparté esas ideas, rezagué todo aquello al fondo de mi cerebro.

Volví a recostarme, llevando los brazos hacia atrás de la cabeza. El sol apenas estaba despuntando en lo alto del cielo, pese a que ya era un poco tarde.

—¡Vaya casualidad encontrarnos! —exclamó alguien a mi lado, y de inmediato reconocí aquella voz masculina que me hizo abrir los ojos con prontitud.

Lo miré desde abajo. Estaba cerca, pero no lo suficiente como para que no pudiese apreciar su cuerpo vestido con un simple bañador negro. Su torso blanco expuesto al sol, lleno de músculos trabajados en los que me perdí. Era tan definido…

El sexo se me estremeció por un segundo y sacudí la cabeza para alejar esos pensamientos lascivos.

«Calma, Paula, solo son tus hormonas, las mismas que desde antes te estaban torturando, no tienen nada que ver con tu hijastro» —me dije para tranquilizarme.

Me relamí los labios y tragué saliva con dificultad.

Una sonrisa más grande se extendió en el rostro pícaro de Bruno, quien me repasó con sus ojos celestes, inquisidores, que se detuvieron más tiempo en mis pechos que se movían de forma brusca a causa de mi respiración truculenta.

—¿Me seguiste? —pregunté fastidiada, como método de defensa para que se fijara en otra cosa, en algo que no le indicara que estaba excitada.

Me mordí el labio con fuerza, esperando que su mirada subiese a mi rostro, en lugar de quedarse pegada en mis pezones, que duros se hacían notar bajo la tela blanca y delgada del bikini.

—No, no te seguí, *mami*, ha sido mera casualidad —respondió al fin, guiñando un ojo.

El rostro se me calentó, tanto de enojo como de…

«No, no. Relájate, Paula, solo se debe a que estás muy necesitada y estás mal interpretando todo» —me regañé.

Carraspeé y llevé la vista hacia el mar.

—En realidad, vine porque hace mucho no visitaba la playa y, después que te fuiste, me entró ganas de hacer otras cosas. Hubiese preferido que te quedaras en casa, así entretenernos entre nosotros —apuntó con doble sentido.

No quise girar para mirarlo, no quise poner mi atención en Bruno, aunque el sexo me palpitó con urgencia, pidiéndome que me dejase llevar por ese tono de voz sugerente, por ese hombre que estaba a mi lado, desplegando una toalla para sentarse a mi vera.

«No, no es un hombre, Paula, es un chiquillo inmaduro que está jugando contigo porque le parece divertido burlarse de su madrastra, la mujer que le robó a su padre» —me recordé.

Inhalé hondo y me relajé del todo.

—Y, tú, ¿qué haces en la playa si no es verano? —apuntó, recostándose sobre su costado para poner sus ojos sobre mí.

Lo vi de reojo.

—Me gusta esta fecha para venir a la playa. No hay calor, pero… —Me encogí de hombros—. Creo que hace el perfecto clima. No para meterse al agua, sin embargo… —Miré el cielo y sonreí, más cómoda con la situación—. No lo sé, me gusta que no haya tantas personas, que el sol no me queme, me gusta más la arena que el océano —admití relajándome del todo.

—Así que eres romántica —apuntó, dejándose caer sobre la arena, poniendo su mirada en el cielo.

Admiré su perfil con la visión periférica.

Bruno tenía algo diferente a Bran, se parecían mucho, pero había algo distinto, y no, no era su cabello de un color diferente, era algo más.

—Te pareces mucho a tu padre —dije sin pensar, sin poder quitar los ojos de su cara.

Ya no era aquel niño que arruinó la boda, no por su cuerpo, aunque también, sino porque se notaba su crecimiento, tenía cierto grado de madurez, y no solo lo decía por sus rasgos más definidos, por su cuerpo musculoso, o por su altura y porte intimidante y protector, no, era algo más que no podía explicar.

Parpadeó y me miró. Su ceño se frunció y por sus ojos noté sus emociones cambiar.

Sacudió su cabeza y se puso en pie prácticamente de un salto.

—Me apetece probar qué tan fría está el agua —canturreó irguiéndose.

Lo miré por un segundo y me estiré con tranquilidad, arqueando la espalda, porque lo cierto es que me dolía un poco. Ya no era tan joven para estar recostada en la playa, sin ninguna cómoda almohada que pusiera mis lumbares en su lugar.

—Vamos, Paula —dijo y, sin que me diese cuenta de sus intenciones porque estaba en lo mejor de estirarme, me agarró la mano que tenía alzada y me jaló hacia arriba, levantándome.

Con un brusco movimiento, me puso sobre su hombro, como un costal de papas y corrió conmigo a cuestas hacia el mar.

Chillé al verme en aquella tesitura, con la cabeza colgando sobre su espalda y sus manos enrolladas en mis piernas, casi tenía mi trasero en la cara, algo que no desaprovechó y me pegó una nalgada que resonó.

Grité.

—¡Bájame! —vociferé.

Mi cabeza se meneaba con su trote y me agarré de su cintura. Cuando vi que el agua comenzaba a subir de altura, hasta llegar a sus rodillas, grité con más fuerza.

Se adentró más en el mar y cuando ya le llegaba a la cadera, me agarró y me tiró al agua, como si no pesase nada.

Caí con torpeza, sin nada de delicadeza. Me sumergí por completo en el agua y rápido traté de estabilizarme, de poner los pies sobre la arena que se movía bajo mi cuerpo.

Me agarró del brazo y me ayudó a estabilizarme.

Quité el agua de mi rostro, así como algunos mechones de cabello que se salieron de la coleta. Abrí los ojos y lo miré mal, enojada, muy enojada.

Bruno no dejaba de reírse, hasta que se detuvo y sus ojos se quedaron fijos en los míos.

—¿Por qué hiciste eso? —cuestioné cabreada, con el ceño fruncido.

Lo empujé con la mano sobre su pecho.

Sus ojos bajaron por mi cuello, hasta llegar a mis senos. Su boca se entreabrió y se quedó fijo en ellos.

En ese momento recordé que el bikini no estaba hecho para mojarse.

Bajé la mirada y me di cuenta de que los pechos se me transparentaban, que mis pezones se entreveían a la perfección, alzados, duros.

A cubrirme iba, cuando se abalanzó sobre mí, poniendo una de sus manos sobre mi nuca y la otra sobre mi espalda baja. Me atrajo hacia él y… Me besó, con ímpetu, con necesidad, mancillando mis labios, restregando su cuerpo contra el mío.

Un jadeo ronco se le salió de los labios cuando sintió mis pezones, cuando metió uno de sus muslos entre mis piernas y…

Recobré la compostura, me recobré de ese estado de shock en el que estuve dormida por sus actos tan violentos y faltos de juicio.

Pese al calor que reptó por todo mi cuerpo, a que el sexo me vibró, a que sentí la imperiosa necesidad de restregarme contra su cuerpo, de abrir la boca, dejarlo pasar y jugar con sus labios… No lo hice, en su lugar, apreté los labios, sellando la boca, y forcejeé con su cuerpo para meter las manos entre nuestros torsos y así lograr empujarlo lejos.

Hice presión con las manos y lo empujé solo unos centímetros, no obstante, me alejé de él.

Teníamos la respiración entrecortada, sus pupilas estaban dilatadas y obnubiladas por la lujuria. Me repasó con descaro, comiéndome con los ojos.

La mandíbula se me apretó y me pasé la palma por la boca, quitándome los restos del beso.

—¿Qué carajos hiciste? —siseé cabreada, con el ceño fruncido y la boca en una fina línea.

Sus ojos volvieron a mis pechos voluptuosos y se quedó prendado de ellos.

Me tapé con el brazo.

—¡Deja de ser un niño! ¡Por Dios, acaso no te das cuenta de que soy la esposa de tu padre! —apunté, y lo pinché en el pecho con el dedo índice.

Parpadeó perplejo, pero no dejé que se siguiera burlando de mí. Me giré y me encaminé a la orilla, cubriéndome para que nadie más me viese los senos.

Al salir del agua caminé con pasos largos hasta la toalla y me enrollé en esta.

Furiosa, tomé mis cosas, y salí directo al baño dispuesta a irme a casa, lejos de él y de sus niñerías.

CAPÍTULO 5

EN EL VESTIDOR, como estaba vacío, me desnudé como si el traje de baño me quemase, revolví mis cosas y saqué el vestido, que me puse con prontitud. Me enrollé la toalla en el cabello y rebusqué para hallar las bragas.

Bufé cuando las encontré, estaban cubiertas de loción corporal que se derramó en el bolso, fue una suerte que el vestido no se manchara.

«Ya qué, no importa» —me dije frustrada.

Me relamí los labios y, sin preverlo, sentí el sabor de los suyos. En la mente recreé ese beso fogoso y necesitado con el que Bruno me tomó, sentí su cuerpo abarcando el mío, sus manos grandes acogiéndome.

Sacudí la cabeza y metí las prendas en una bolsa de tela en la que llevaba el traje de baño.

Me pasé la mano por la cara y me senté en la banca.

¿Cómo fue capaz de hacer tal cosa? ¿Qué le pasaba? No solo era la esposa de su padre, sino que también era mayor que él, una mujer con compromiso, una mujer que ni siquiera debería de pensar de aquella manera indecente.

Una sensación extraña me recorrió el cuerpo, de pies a cabeza, y un nudo se me formó en el estómago.

¡Todo era tan retorcido!

Mi marido no estaba, en su lugar, tenía rondándome a su hijo, *mi hijastro*, que no dejaba de insinuarse y, como si eso no fuese suficiente, llevaba días con la libido en el cielo, con ganas de follar, de ser dominada por las manos diestras de mi marido, deseosa de ver su cabello cano en medio de mis piernas.

Me mordí el labio cuando se me estremeció la vagina y el clítoris me cosquilleó.

Tenía que dejar de pensar así, o acabaría masturbándome en el baño público de la playa, y eso no estaba nada bien.

Me levanté, recogí todo y sentí la humedad entre mis piernas, misma a la que no le puse atención. No llevar bragas era una desventaja para la calentura que tenía, no obstante, decidí obviar ese detalle y me enfoqué en guardar todo. Me puse las sandalias y me alisé el vestido, con la espalda erguida, dejando atrás todas esas sensaciones.

Salí del baño y caminé con prisa hasta el vehículo, sin buscar a Bruno, no quería verlo, no quería olerlo, ni mucho menos sentir sus ojos lascivos.

¡Estaba loco!

Llegué al auto, metí el bolso al lado del copiloto y me deslicé tras el volante.

Agarré la llave, la introduje y accioné el interruptor para que encendiera, sin embargo, el sonido del arranque se escuchó débil. Dejé de presionar y parpadeé, confundida.

¡Qué era aquello!

No, no, de ninguna manera me iba a quedar varada en la playa, no tenía ni la más mínima intención de quedarme allí.

Cerré los ojos y respiré profundo.

«Por favor, por favor» —rogué en silencio, para que, cualquier deidad, fuese la que fuera, me ayudase a arrancar el vehículo.

Intenté otra vez, pero no tuve mejor suerte. Parecía que iba a arrancar, sin embargo, no terminaba de hacerlo.

Frustrada, me bajé del coche, quitando las llaves y abriendo la puerta con brusquedad. Afuera, me quedé parada sin saber qué hacer.

Apreté las manos en dos puños y me mordí los labios para no gritar.

¡No estaba con ganas de lidiar con lo que me estaba pasando!

—¿Necesitas ayuda, pelirroja?

Di un brinco y el calor se me bajó cuando tuve al lado a Bruno.

Puse una mano sobre mi corazón para calmar los agitados latidos que resonaron por todo el cuerpo.

—¡No me asustes así! —exclamé con el ceño fruncido.

Seguía molesta, aunque él estaba de lo más tranquilo, admirando mi auto, con una ceja alzada.

—Ya… —dijo sin más, analizando la situación—. ¿No te arrancó?

—No —respondí más calmada y se me encendió el foco—. ¿Puedes arreglarlo? —pregunté con esperanza, girando para mirarlo.

Una sonrisa divertida se le dibujó en los labios y volteó a mirarme.

—Para nada, preciosa, no soy mecánico, y lo mío son las motos —dijo coqueto, apuntando a la suya que estaba a unos puestos del auto.

Resoplé fastidiada, ni siquiera me importó cómo me llamó. Solo quería ayuda para no quedarme botada en el estacionamiento de la playa.

Era domingo, la aseguradora no sería tan gentil de mandar a alguien para auxiliarme con prontitud.

Me rasqué la nuca.

—Mira, no puedo revisarlo, no sabría qué es lo que tiene, pero, si quieres, puedo llevarte a casa, al final vamos para el mismo lugar. —Se encogió de hombros y me miró sin segundas intenciones.

Apreté los labios dentro de mi boca y miré hacia otro lado, sopesando su propuesta.

No, no me quería quedar a esperar por horas y horas a que una grúa llegara, tampoco me apetecía subirme en su moto, no obstante, ¿cuál de las opciones era la menos embarazosa?

Inhalé y asentí.

—Está bien, gracias por el ofrecimiento, iré contigo —acepté a regañadientes.

Sonrió más grande, mostrando todos sus dientes rectos y blancos, y un brillo peculiar le iluminó los ojos celestes.

«Creo que me he equivocado» —pensé, pero era muy tarde para retractarme…

CAPÍTULO 6

CERRAMOS EL AUTO CON LLAVE, dejamos mi bolso escondido, solo tomé lo más esencial y Bruno me hizo el favor de ponerlo con sus cosas, guardado en el pequeño compartimento que tenía la moto.

Al principio quería llevarme el bolso, sin embargo, cuando Bruno me preguntó si antes monté una moto y negué, me convenció que lo mejor era que no llevase nada que pudiese botar, o que, por sostenerlo, me fuese a caer. Lo pensé por un momento y determiné que llevaba algo de razón. Tal vez fue muy paranoico de nuestra parte, ya que varias personas lograban llevar sus cosas y agarrarse al vehículo sin caerse.

Como fuera que fuese, me acerqué a la motocicleta. Bruno se subió primero y la encendió. Me explicó algo de que así debía ser para no quemarme o algo así. Se puso el casco y me tendió el otro que llevaba guardado en el compartimiento.

Me mordí el labio y escuché el ronroneó del motor.

Exhalé y me puse el casco.

Luego bajé la mirada a mi vestido corto, y recordé que no llevaba bragas, que si subía la pierna podrían verme hasta la consciencia.

Negué.

—¿Qué pasa ahora? —interpeló Bruno, con la cabeza ladeada, subiendo el visor del casco para hablar con más comodidad.

Negué otra vez y calculé si podía levantar tanto la pierna. Si bien el vestido tenía una falda amplia, eso no quería decir que me podría subir sin más.

Una de sus cejas se alzó y me miró interrogativo.

Carraspeé.

—Lo siento, pero no sé si me pueda subir…

—¿Por qué? —cuestionó sin quitar el dedo del renglón, insistente.

Resoplé y miré hacia otro lado.

—Es que no llevo bragas —susurré muy bajo, para que entendiese el cuestionamiento en el que estaba metida.

—Espera, ¿qué? —exclamó asombrado, con la boca entreabierta y los ojos fijos en mí.

Me sacudí.

—Sí, bien, no llevó ropa interior, se me arruinó las bragas que traía y cierta persona mojó mi bikini —siseé un tanto perturbada con esa mirada celeste que me recorrió el cuerpo y me provocó un escalofrío que me atravesó entera.

Sonrió pícaro.

—¿O sea que si te quito el vestido quedarías desnuda, como viniste al mundo, y podría ver tu divino cuerpo? —preguntó con desfachatez.

Apreté la mandíbula y lo miré mal, regañándolo.

Se rio por lo bajo.

—Mira, aquí no hay nadie, nadie nos está viendo —señaló con obviedad—, no habrá nadie que te vea, más que yo, y ya te he visto desnuda, así que no creo que eso impliqué ni un solo problema —apuntó con la voz más profunda.

Se me arrugó la frente ante su acotación.

Con un gruñido, porque en parte tenía razón, me agarré a su hombro redondo y me subí sin pensar en que me vería todo o no.

Me acomodé a su espalda y me agarré del asiento, porque no quería tocarlo.

Negó, divertido.

—¿Estás cómoda así? —cuestionó juguetón, poniendo su mano sobre mi rodilla, la cual descansaba al lado de su muslo.

—¡No me toques! —regañé—. Y sí, estoy bien así —indiqué.

—Perfecto, pero si no te agarras bien, te vas a caer. Te aconsejo que te agarres a mi cintura, será más cómodo y estarás más segura.

Sin poder evitarlo, repasé su espalda cubierta por esa fina camisa de algodón, negra, de cuello redondo y manga corta que estaba un tanto mojada en ciertas zonas. Como yo, se cambió, pero no se secó muy bien, así que sus pantalones y camisa estaban un tanto húmedos.

Tragué saliva con dificultad.

Ni siquiera tenía puesta la cazadora para poner una barrera entre nosotros.

La moto estaba encendida, el motor vibraba y mi entrepierna descubierta sentía cada vibración. Pese a haberme metido la falda bajo el trasero, la tela no me alcanzó para cubrirme del todo. Y, tampoco llevaba sostén. Si me abrazaba a él, sentiría mis pechos y… estaba aterrada y excitada con esa sola idea.

Inhalé por la boca, pasando todas esas emociones y sensaciones.

Si seguía así, llegaría muy mojada a casa.

—Así estoy bien, gracias —subrayé con seriedad.

Sonrió ladino y asintió. Bajó el visor del casco e hice lo mismo. Se puso en marcha cuando me iba a agarrar y sin pensar, me aferré a su cintura, pegándome a su espalda, con un medio grito que se me salió de la boca.

Como garrapata, me enganché sin importar que pudiera sentir mi cuerpo contra el suyo.

Sentí su risa a través del movimiento de su torso y el sonido me llegó amortiguado por los cascos y el viento.

Iba lento, pero tenía tanto miedo que no me separé ni un centímetro, incluso cuando se detuvo en un semáforo, poniendo sus piernas largas y musculosas sobre la carretera para estabilizar la moto. Se giró un poco hacia mí y se levantó el visor.

—¿Tienes hambre, *mami*? —cuestionó con doble sentido.

Respiraba de forma errática y me agarré con más fuerzas a su torso cuando un auto pasó a la izquierda para doblar por la bifurcación.

Negué con premura, aunque lo cierto es que no había comido nada en todo el día y ya era tarde.

—No me mientas, pelirroja, no has comido nada, tienes el estómago vacío, y tuviste actividad muy temprano —apuntó, recordando con malicia, lo que hice en la mañana…

Irritada con sus cosas, le metí las uñas en el pecho y se quejó.

—Espero que así las metas cuando te regale el mejor orgasmo de tu vida —dijo antes de bajar el visor y ponerse en marcha ya que el semáforo cambió a verde.

Me apreté cuando aceleró, andando con más prisa que antes, llevando la motocicleta al límite de velocidad.

Apreté su cadera con los muslos y me agarré con tanta fuerza, que sentí su molestia, sin embargo, no redujo la velocidad hasta que llegamos a casa.

Apagó el motor al estacionar en el lugar que era de Bran, puso las piernas en el suelo y me agarró de las manos para que soltase la presión.

—Vamos, preciosa, tienes que dejarme ir.

Temblaba, no me gustaba esa sensación de ir rápido, el miedo latente de un accidente en el que podría acabar mal, y… No me gustaba nada la adrenalina, la verdad, me sentaba muy mal.

Me ayudó a destensar las manos.

Se quitó el casco y lo dejó enganchado al manubrio, para luego girarse y mirarme con intensidad, sin rastro de ese niñito que solo quería jugar con su madrastra.

—¿Estás bien? —preguntó con atención.

Asentí despacio.

Sonrió, una sonrisa pequeña y apacible.

—Bien, entonces te voy a quitar el casco para luego bajarme y ayudarte a descender, ¿está bien? —indicó a sabiendas de que estaba tensa y asustada.

Volví a asentir, dudando.

Me ayudó a quitarme el casco, luego se bajó de la moto con gran agilidad, sin importar que estaba detrás suyo. Me agarré del asiento cuando me quedé sola.

—Tranquila, ya te bajo —dijo antes de tomarme de la cintura y bajarme cargada.

Puse los pies en el suelo y trastabillé cuando me tembló el cuerpo a causa de la adrenalina contenida.

Me agarró antes de que me cayera al piso. Pegó nuestros cuerpos y me miró con intensidad.

La boca se me entreabrió y miré a ese hombre que me agarraba de la cintura, sentí su torso duro y cincelado contra los pechos y tragué con fuerza esa sensación caliente que me recorrió de pies a cabeza, muy distinto a todo lo que sentí antes.

De alguna forma, concebirme cuidada por él, me alteró y me hizo ver al hombre, no al veinteañero burlón que buscaba sonsacarme.

Me aparté cuando entendí que algo más revoloteó en mi interior, algo más que no solo era la necesidad de haber pasado varios días sin acallar mi deseo sexual.

Carraspeé.

—Gra-gracias por traerme —dije con la voz entrecortada y suave—. Ahora, será mejor que entremos.

Me volteé y tan inestable como me sentí, fui dentro.

Bruno se quedó parado, sin moverse, hasta que nos desconectamos del todo y se adelantó para abrir la casa.

CAPÍTULO 7

DENTRO, le dije que subiría a mi cuarto a cambiarme y a llamar para que nos llevasen una pizza y así comer un poco. Y, pese a que todo eso era verdad, lo cierto es que quería poner una barrera entre él y yo.

Me sentí sofocada con su cuerpo tan cerca, tentada por su protección, por algo que llevaba tiempo sin sentir, por parte de nadie. Solo quería volver a estar envuelta en sus brazos firmes, musculosos, que me cuidarían, que…

Saqué esas ideas de mi cerebro y me cambié con la mente en blanco, así evitar las tentaciones.

Supe que se debía al abandono, que estaba proyectando en mi hijastro lo que me hacía sentir su padre.

Cerré los ojos y me deslicé por el suelo, confundida, algo triste y, no supe qué más…

Llamé a la pizzería e hice el pedido, tratando de rezagar todo lo ocurrido ese día, no obstante, el beso robado vino a mí y lo reviví de nuevo, aunque, no era igual, esa vez, me vi correspondiendo el beso, dejándome llevar por ese hombre que presencié minutos atrás, cuando fue gentil, cuando dejó de lado al chico juguetón y se convirtió en un hombre.

—No, no, sigue siendo un chico, es solo un niño, y es prácticamente tu hijo —me dije en apenas un susurro.

Con ropa más cómoda y, sobre todo, con ropa interior por debajo, bajé, dejando todas esas ideas locas en la habitación.

Abajo, lo encontré sobre el sofá riéndose de un vídeo que estaba observando en su móvil. No parecía afectado, ni logré ver a ese hombre de hacía unos minutos.

«Quizá solo fueron ideas mías, las ideas de una pobre mujer plantada por su marido, olvidada por todos, tratada como un simple trofeo» —me hice ver, porque me era más fácil pensar que todo aquello se debía a no tener a Bran de mi lado, que a otra cosa.

El móvil me sonó y lo localicé en la mesa frente al sofá, donde Bruno puso todas mis cosas.

Inhalé hondo y me aproximé para tomar el aparato. Vi el número de Bran aparecer en la pantalla y sonreí aliviada. Sentí los ojos celestes de Bruno sobre mí, no obstante, mi mente ya estaba en otra cosa…

«Donde debería de estar» —apuntó mi subconsciente.

—Hola, amor —respondí y me alejé un poco de Bruno, aunque pude sentir cómo sus ojos me seguían.

—¿Cómo estás, cariño? —preguntó Bran y sentí su voz extraña, aunque no supe a qué se debía.

Quizá solo eran cosas mías… Después de todo, llevaba un día extraño.

—Bien, y tú, ¿cuándo regresas, amor? —Me aparté un poco más—. Te extraño mucho, no sabes cuánto te echo de menos —ronroneé coqueta.

—También te extraño, cariño, pero justo por eso te llamaba… —Guardó silencio un momento que me formó un nudo en el estómago porque ya sabía qué iba…—. Te llamó para avisarte que no podré llegar en un tiempo. Estoy cubriendo a otro piloto, al parecer está muy enfermo y… pues ya que estoy en su ruta y tengo unos días libres…

Suspiré al escucharlo.

—¿Por qué me haces esto? —murmuré quedo, acongojada con una sensación extraña en el pecho, un vacío profundo en el corazón que me hizo sentir frágil y necesitada.

¡Por Dios, mi marido prefería huir de mí antes que darme un hijo!

Pasé una mano por mi rostro e inhalé hondo.

—Lo siento, cariño, de verdad que me hubiese gustado que fuese de otra forma, te extraño mucho, me haces falta, pero las cosas son así. Entiéndeme, por favor —pidió con suavidad.

Me quedé quieta, reflexionando.

De nada me valía reclamarle en ese momento, seguro que buscaría la forma de desembarazarse de la llamada y… no quería que terminara aceptando otro vuelo para estar lejos de mí.

Suspiré.

—Está bien, solo, por favor, no dilates más tu tiempo fuera de casa. Por favor, Bran, soy tu esposa y quiero verte, por favor —dije y sentí que el estómago se me revolvía al escuchar mi voz.

Se quedó en silencio por unos minutos.

—No te preocupes, cariño, regresaré cuando menos te des cuenta, además, seguro que este tiempo te sirve para crear lazos con Bruno —acotó con un tono extraño de voz—. Así sabrás lo difícil que es tener hijos, Paula. Y verás… En fin —prosiguió sin permitirme hablar, dejándome con la palabra en la boca—, nos vemos pronto. Adiós, cariño.

Y colgó…

Me quedé observando la pantalla en negro del móvil, sin saber qué sentir al respecto.

El entrecejo se me frunció, consternada por sus palabras tan tajantes. Nunca me trató de esa manera, nunca fue así, era más bien del tipo cariñoso, aunque sí, tenía sus cosas, como cualquier persona.

—No lo justifiques, Paula, Bran no es exactamente cómo te lo imaginas —indicó Bruno, sin levantarse del sillón, con los ojos puestos en mí.

Pestañé y alcé la cabeza para mirarlo.

—¿Qué? —cuestioné anonadada, reteniendo el tono de voz de Bran.

—Él es así, Bran no es tan santo como se ha mostrado —escupió con enojo, con el ceño fruncido y la voz dura, cruel.

—Es tu padre, Bruno —dije dolida al ver la relación que tenían ellos, al saber que lo nuestro tampoco estaba bien.

Un dolor sórdido me laceró el pecho, y las palabras de *mi esposo* se reprodujeron en mi cabeza, esa forma encubierta con la que me dio a entender que no quería más hijos, que para él eran un incordio. Pudiera no decirlo con esas palabras, pero…

Y Bruno… ¡Dios, ese pobre joven que estaba creciendo de aquella forma, guardándole rencor a su padre!

¿Cómo era posible que todo el tiempo hubiese estado tan equivocada con mi marido y su hijo?

Recordé las palabras de Bruno, las del día anterior y… Me sentí mal por él, aunque no estaba segura de sí sentirme culpable por alejar a su padre o…

Estaba perdida.

Dejé el móvil en la mesa y me senté frente a Bruno, un Bruno molesto, que se veía incómodo, enojado, como aquel adolescente que arruinó la boda.

—¿Estás bien? —inquirí entendiendo que era la adulta, que enfrente tenía a un pobre chico que estaba sufriendo por culpa de su padre, y que solo estaba ahí, esperándolo, como yo.

Parpadeó confundido y luego sonrió.

—Debería preguntarte eso mismo, aunque, por lo poco que pude entender, deduzco que «papá» —dijo con retintín— no vendrá pronto, ¿verdad? —Negué—. Ya lo creo.

Chasqueó la lengua y miró a otro lado, más enojado y, noté algo más, pero no pude darme espacio a analizarlo, pues el timbre de la puerta sonó y tuve que levantarme para ir por la pizza.

Al regresar, estaba normal, entretenido con el móvil.

—¿Seguro que te encuentras bien? —examiné genuinamente preocupada, porque lo entendí mejor.

Alzó la mirada y me admiró de pies a cabeza. Sus ojos centellaron y se relamió los labios.

—Y si te digo que estoy mal, me consolarías dejándome entrar en tu cama, dejándome entrar en ti —puyó con majadería, coqueto, tan pícaro como antes.

Lo miré y me sentí mal por él, peor que antes.

Me estaba dando cuenta que usaba aquello como método de protección, quizá se estaba protegiendo de mí.

—No, no haría eso —me limité a responder y dejé la pizza en la mesa.

No apartó sus ojos de mi cuerpo, sentí su fuerte mirada siguiéndome a la cocina, donde agarré dos platos y dos vasos que llené con té helado.

—¿No tienes cerveza? —preguntó cuando puse el vaso frente a él, mirando mal el contenido.

Sonreí.

—No te voy a dar cerveza —sentencié más tranquila, desplazando ese sentimiento que me llenó de ternura y pena por ese chico que me estuvo acosando durante esos días.

Gruñó.

—Sabes que soy un adulto, ¿verdad?

Negué, divertida.

—Eres todavía muy joven, y no le daría a alguien en pleno crecimiento alcohol, aparte, solo tengo vino, que no pienso compartir —me burlé, divertida, para después servir la pizza, poniéndole más a él.

Me admiró con los ojos entornados como si estuviera tratando de descifrar mi cambio de humor.

Sonreí y me engullí un pedazo de pizza.

—¿Qué te gustaría hacer, Bruno?, quiero decir, tienes planes para estos días. No sé, quieres que te lleve a conocer la ciudad, o algo así...

Su ceja se alzó, interrogante.

—¿Qué te pasa? —interpeló dubitativo, un tanto tosco.

Me encogí de hombros.

Resoplé.

—Mira, seremos tú y yo por los días que te pienses quedar, y no, no me molesta que te quedes —me apresuré a decir temiendo que se lo tomara mal. Sus ojos se entornaron más—. Tu padre tardará en regresar, la verdad, no tengo idea de cuándo sea eso, así que... Él tiene razón, si quiero tener hijos, debería familiarizarme con lo que significa ser madre... Además, eres mi hijastro, deberíamos llevarnos, cuanto menos, bien —señalé sonriendo.

Ladeó la cabeza.

—¿Acaso Bran no te quiere follar y poner su semilla en tu vientre? —dijo grosero. Tragué saliva con dificultad y me paralicé ante sus palabras—. Porque si es así, yo podría hacerlo. —Sus ojos se oscurecieron—. Puedo ponerte un bebé, los que quieras, puedo hacer lo que él no hace, podría ser más hombre que él —dijo con la voz gruesa y la espalda rígida.

El corazón me latió con premura, y sentí un millón de sensaciones contradictorias. Por un lado, me dio ternura ver ese ser maltratado, por culpa de un hombre que no quería ser padre, también pude ver al rebelde, al que se quería vengar de quien más daño le causó, así como también entreví al hombre, al mismo que me agarró de la cintura cuando me iba a caer, cuando tuve miedo, el mismo que me hizo sentir cuidada cuando más frágil me sentí, el mismo que tenía un cuerpo increíble, que exudaba testosterona, que era muy masculino, que podía hacer que cualquier mujer cayera a sus pies, el mismo que me alteró la psique, que hizo que el sexo se me estremeciera y me humedeciera con ese tono de voz peligroso, y ese cuerpo que ya no tenía nada de niño.

Me relamí los labios y sonreí.

—¿Te apetece ver alguna película? —pregunté para cambiar de tema, aunque solo se fijó en cómo junté las piernas para acallar esa necesidad que creció en mi núcleo.

CAPÍTULO 8

BRUNO SE QUEDÓ CONMIGO DURANTE VARIOS DÍAS, días en los que hubiese estado sola de no ser por él. De Bran supe muy poco, y tampoco insistí, no tenía caso. El mensaje estaba claro: hasta que él no quisiera, no cambiaría de opinión, no regresaría. Mi maternidad dependía de mi esposo, algo que no me gustó ni en lo más mínimo, un día, del enojo que sentí ante esa idea, pensé en hacerme una inseminación artificial.

«Que él no quiera, no significa que deba sacrificarme» —me dije con disgusto, tan enojada con él, como conmigo, por no dejarlo.

Estaba confundida, me pregunté muchas cosas. Mi matrimonio no era lo de antes y percibí la distancia entre Bran y yo, esa distancia que no tenía nada que ver con los kilómetros que nos separaban, más bien era una distancia sentimental, que me alejaban más y más de él, que me hablaba y me decía que aquello ya no valía la pena.

Todavía era joven, solo tenía treinta y tres, podía divorciarme, conseguir un buen hombre, casarme y tener hijos, o solo botar a Bran y embarazarme… No obstante, todavía guardaba una esperanza.

Me prometí hablar con él cuando regresase.

Mientras, me enfoqué en mantener una relación más cercana con Bruno y… Debí admitirlo, fue difícil por varias razones. En principio, mi hijastro no era un joven cualquiera, era muy obstinado, muy juguetón, muy… no sabía cómo describirlo.

Los días a su lado fueron, al menos, divertidos, aunque a veces sufrí golpes de calor por su culpa. Al levantarme, tenía el lindo detalle de prepararme el desayuno, siempre, no hubo día que no lo hiciese, algo que me gustó, no pude negar la evidencia. Me iba a trabajar con una sonrisa en los labios y al regresar, era yo quien preparaba la cena, algo que siempre terminaba sonrojándome gracias a que quería ayudarme y terminaba rozándome el cuerpo con el suyo, no porque la cocina fuese pequeña, no, fue porque le gustaba tocarme. Acostumbró a ponerse detrás, a abarcar mis caderas con sus manos y a veces hasta me tocaba el abdomen, le gustaba espolearme de aquella manera.

Sus comentarios fuera de lugar no cesaron, cada que podía, se insinuaba. Sus ojos me recorrieron el cuerpo más veces de las que era capaz de contar, me comía con la mirada, y siempre buscaba ponerse al lado mientras cenábamos, a fin de tocarme las piernas.

Ya no pude dormir sin echar llave a la puerta de la habitación, así como pasaba la mayor parte de la noche caliente. Sí, supe que eso no estaba bien, pero lo adjudiqué al hecho de no haber tenido sexo en mucho tiempo, era bastante normal que, al saber que un jovencito me coqueteaba, me sintiera halagada.

En la habitación, me desvestía y, antes de dormir, me masturbaba con las manos, me pellizcaba los pezones, me frotaba el clítoris con delicadeza y me introducía dos dedos, que movía con desesperación, hasta alcanzar el éxtasis. Me mordía los labios para no gemir, recordando que su habitación estaba debajo de la mía, que tenía buen oído, y que no dudaría en molestarme si sabía lo que hacía.

También me di cuenta de que, en casi todas las ocasiones, tenía que forzarme para no pensar en él, para imaginarme que era Bran, aunque, para mi pesar, su figura se fue difuminando, algo que me dolió.

Estaba triste porque no podía desatender esa sensación de estarlo olvidando, de estar desenamorándome de mi marido, de mi amado esposo. Ya no podía ver su sonrisa si cerraba los ojos, no podía imaginarlo entre mis piernas, ya no escuchaba sus gruñidos varoniles de cuando llegaba al orgasmo, cuando se derramaba en mi interior, aunque fuese con el condón puesto.

No lo pude negar, tener a Bruno me ayudó a no deprimirme, a vivir un poco más, a no sentirme sola, a no caer en las manos de la depresión, a no sentir que había desperdiciado mi juventud al desposar a un hombre que no entendía mis intereses, que no me consideraba ni un poco, que no velaba por mis sueños, y ni siquiera los tenía en mente.

* * *

Al fin era viernes.

Fue una larga semana, llena de visitas médicas, en las que, no solo tuve que vender los medicamentos anteriores, sino también tuve que hablar sobre el nuevo medicamento para la diabetes que acababa de sacar la farmacéutica en la cual trabajaba. El fin de semana anterior estuve en la presentación donde se nos informó de todos los beneficios y contraindicaciones del medicamento que prometía revolucionar la medicina.

Sin más, ese mismo día estuve en cinco consultorios, alabando el medicamento, dejando muestras y demás.

Llegué a casa y al entrar, me di cuenta de que estaba vacía.

Bruno también tuvo una semana productiva. Después de los primeros días en los que se pasó acostado en el sofá, en los que su único objetivo fue incomodarme, hablé con él y le pregunté sobre la razón que lo hizo llegar a casa. Le insistí que no era porque quisiera echarlo, solo quería ayudarlo, y así fue como me contó de que estaba peleado con su madre, no me dijo el porqué, pero sí que fue una discusión seria. Al parecer, fue tan grave, que hasta decidió mudarse y cambiar de universidad. Sospechosamente, no quería cambiar de carrera, algo que me desconcertó, ya que, por un momento creí que se debía justo a eso. Así fue como terminó por venir a casa, sin saber bien dónde ir, y con ganas de alejarse del alcancé de su madre.

No muy convencido, me dijo que, eligió ir a la casa de su padre porque ahí no lo buscaría ella, no por Bran, sino por mí. Le creí, en parte, no obstante, me di cuenta de que me escondía algo.

De cualquier manera, estaba buscando rehacer su vida, y lo cierto es que quería ayudarlo.

Estaba comenzando los trámites para cambiarse de universidad, para ver si conseguía una beca y así seguir estudiando. Me sorprendí al saber que, de hecho, Bran nunca le pagó la universidad, que esos años que llevaba estudiados estuvo becado por sus buenas calificaciones. A decir verdad, no esperaba tal cosa de su parte, algo que lo hizo reír de felicidad y mirarme con aprecio.

Le indiqué que podía quedarse el tiempo que quisiera.

«—Cuento con ello, *mami* —dijo el muy majadero».

*   *   *

Entré a casa y me descalcé. No aguantaba los tacones. Subí las escaleras y fui al cuarto, donde me quité la ropa y me puse un pijama: un pantalón corto y una camisa de tirantes, sin sostén, porque quería estar cómoda y la razón para llevarlo no estaba.

Bajé y me eché en el sofá, recostándome. Agarré el móvil y me puse a juguetear con él, pasando de una aplicación a otra, respondiendo los mensajes de mis amigas, hablando con algunos conocidos y familiares.

La noche fue cayendo.

Revisando los mensajes sin responder, me di cuenta de que tenía un mensaje de Bran, que simplemente decía que quería que le llamara cuando pudiera, que tenía una escala de unas horas, que hasta el sábado saldría su vuelo.

Me senté en un solo movimiento. Cerré el mensaje y de inmediato le marqué, entusiasmada con la idea de escuchar su voz, ya que esos últimos días solo estuvimos hablando por mensaje, donde, a mi parecer, se sentía distante.

No obstante, aquel mensaje me dio esperanza.

—Paula —saludó con frialdad, con la voz tan gélida que toda la emoción anterior se me difuminó del cuerpo.

—¿Cómo estás, amor? —pregunté algo cortada con ese recibimiento tan tosco e impropio de él, aunque ya no sabía qué era de él…

—Bien, estoy bien…

Nos quedamos en silencio por un largo rato, en el que se me rompió de a poco el corazón.

—No voy a volver en un tiempo —dijo al fin lo que temí escuchar.

El cuerpo me tembló y un gran hoyo me abrió el corazón. Me obligué a tragar saliva y seguir con el móvil pegado a la oreja.

—¿Por qué? —atiné a decir.

—Porque… ¡Qué más da, Paula! No voy a volver, punto, no hay más que decir. No sé cuánto tiempo sea, pero no será pronto. Quizá pasen meses antes de que tenga libre —anunció con esa voz impasible que ponía cuando estaba molesto.

Me mordí la uña del dedo pulgar y me sentí… horrible, me sentí abandonada, frágil, dejada.

Inspiré hondo para no dejar que la emoción me ganara y acabase llorando, cuando los ojos me ardían y el pecho se me oprimía ante un dolor agudo que me quería partir en dos.

—¿Por qué me haces esto? —inquirí con la voz apagada, a punto de llorar.

—¡No llores, Paula! —me regañó como si fuese una niña.

Se me salió un sollozo ante esa forma cruel con la que me habló, la forma en la que trató de suprimirme.

—No llores, carajo, no entiendes que esto no es algo que dependa solo de mí…

—¿Es así? —pregunté sorbiendo y arrugando la nariz, con la mandíbula apretada.

Me estaba enojando, la tristeza quedó rezagada por ese sentimiento de inquietud que me avisó que, detrás de sus palabras había algo más, algo que no quería decirme porque, cómo no, nunca era claro.

Calló.

—Dime, es porque quiero ser madre, o es porque ya no me amas —siseé, tratando de no dejarme llevar por el enojo.

No dijo nada.

Resoplé.

—Ya lo creo. No importa lo que sea, ¿verdad? No importa si es por una u otra cosa, lo que interesa es que no es lo que quieres, que no es cómo me quieres. ¿Qué, ya no te gusta cómo te hablo?, ¿o es que si igualo tu asqueroso tono de voz no me escucho tan femenina? —cuestioné, recordando algo que dijo una vez… cuando me dio a entender que, una de las razones por las que le gustaba es porque no gritaba, porque era tan «femenina», que hasta cuando me enojaba estaba sensual, con la voz inalterable, porque eso le hacía olvidar las veces en las que su esposa, molesta, se le engruesaba la voz y parecía «masculina y asquerosa».

En ese momento lo tomé como un halago… Ingenua. Tonta. Como no lo vi antes…

—¡Dios, di algo! —exclamé alterada.

—Estás muy irascible. No sé qué te pasa, quizá son tus hormonas, o quizás es que has tenido que lidiar con un hijo y te has dado cuenta de lo difícil que es. De cualquier forma, estás insoportable, así no podemos hablar, no te aguanto así, tan…

—¡Tan, ¿qué?!

Se hizo silencio.

—Adiós, Paula, hablaremos luego, cuando estés calmada y escuches razones, por hoy, me tienes harto.

Y colgó.

Solté el móvil y la vista se me nubló. Los ojos me ardieron, tenía la boca entreabierta y un dolor lacerante en el pecho que se me extendió por todo el cuerpo, como pólvora que amenazó con destruirme.

Me sentí como una basura. No pude evitarlo, analicé sus palabras, su forma de hablar.

¿Exageré?, como dio a entender… No, no era una exageración. Teníamos meses sin vernos, y ni uno solo de sus amigos estaba de esa forma, tenía más de uno agregado en las redes sociales y, sin buscarlo, noté que todos ellos tuvieron los días normales, todos ellos tenían días de estar en casa, solo mi marido me dejaba durante meses, solo yo era la única esposa que no tenía a su esposo, al menos, una vez al mes.

Me sentí sola, muy sola, y la soledad es algo… horrible.

Una lágrima gruesa rodó por mi mejilla.

Traté de no llorar, traté de mantenerme serena, de pensar en qué haría.

No, lo nuestro acababa de terminar, eso fue evidente. Estaba claro que él ya no me quería y yo… Yo no supe qué sentir.

El dolor consumió todo lo demás.

Me pasé la mano por el cabello y el rostro. Me costó respirar, me costó llevar a cabo tareas sencillas que mi cuerpo ejecutaba sin que me diera cuenta.

Algo tan preciado como mi matrimonio, acababa de quebrarse. Presencié una de las situaciones que nunca quise ver, algo que no quería.

Si bien tenía mucho tiempo replanteándome lo mío con Bran, no me imaginé que todo terminase de aquella manera, rompiéndome el corazón, el alma.

Comencé a hiperventilar.

El sonido de la puerta principal se escuchó a lo lejos.

—¡Ya vine, Paula! —exclamó Bruno y su voz llegó amortiguada por el retumbar de mis latidos, por la necesidad de meter aire a los pulmones.

Sentí sus pasos, como si estuviera lejos, como si estuviera envuelta en una capa gruesa de neblina.

—¿Paula?, ¿pelirroja? —me llamó y su preocupación fue tangible, aunque no estaba dentro de mi cuerpo para contestar, solo quería respirar, solo quería meter aire a mis ardientes pulmones que me reclamaban por abandonarlos—. ¿Paula? —intentó una vez más, con desesperación.

Se puso enfrente y sin saber qué hacer, me tomó de los brazos y me abrazó con fuerza, pegando nuestros cuerpos.

Inhalé hondo, con desesperación, con un sonido agudo que resonó en la habitación y… sentir su calor, sentir sus brazos envolverme, llenarme, me hicieron llorar.

Lloré de tristeza, lloré sin entender del todo por qué lo hacía.

Me agarró con delicadeza y llevó mi rostro a su torso cálido. Me enganché de su camisa y la estrujé, berreando como una niña que perdió lo que más amaba.

En sus manos, me sentí con la suficiente fuerza para dejar salir todo, para desahogarme, para llorar hasta que el cuerpo me temblara.

Me sentí abrumada ante tantos sentimientos que me recorrieron, mismos que me hicieron notar que aquel era el fin de mi matrimonio, que lo mío con Bran estaba roto y no había manera de reconstruirlo.

Lloré, sollocé y me abracé con fuerza a Bruno, hasta que me vacié, hasta que todo salió de mi sistema y recobré un poco la cordura.

En ese instante, me di cuenta de que estaba casi encima de Bruno, que lo tenía agarrado como si fuera mi balsa, como si necesitase de un punto de apoyo para no caer en el vacío.

Me alejé un poco y levanté la mirada.

Él tenía una mano en mi espalda con la que me acariciaba, mientras su otra mano descansaba en mi cintura, con sus dedos extendidos hacia arriba, a unos centímetros de mis pechos, idea que me hizo tragar saliva con dificultad y darme cuenta de lo tonta que era pensar en aquello estando tan vulnerable.

—Lo siento. —Me aparté un poco, aunque él no me dejó retroceder más. Sus ojos celestes me miraron con intensidad.

—¿Qué pasó, hermosa? —preguntó, y su mano en mi espalda se movió a mi mejilla, capturando la última lágrima.

Quedé hipnotizada con sus ojos celestes, con su voz grave y su presencia imponente y masculina que llenó la habitación.

«No, no te confundas, Paula, solo es una ilusión porque estás sensible y quieres sentirte protegida, porque quieres sentirte mejor y olvidar lo que te está perturbando» —me indicó mi subconsciente.

Me humecté los resecos labios con la punta de la lengua.

Alzó una ceja, esperando esa respuesta que no le daba.

Sonreí, una sonrisa triste.

—Pasa que mi matrimonio acabó —dije con la voz quebrada, encogiéndome de hombros, y mordiéndome el labio inferior para retener todos los sentimientos, porque no quería llorar de nuevo, ya había llorado mucho.

Parpadeó, sorprendido.

—Es una pena que, cuando al fin nos llevamos bien, ya no tengamos nada, ya no… Bueno, ya sabes, Bran es tu padre, y cuando nos divorciemos…

—Negué con la cabeza.

Suspiré.

No me dio tiempo de nada, él me atrajo a su cuerpo y me abrazó como antes.

Cerré los ojos por un momento y percibí su calor, sentí su cuerpo fibroso contra el mío. Su abdomen plano me apretaba los senos, y sus piernas estaban enredadas con las mías, porque lo cierto es que casi estaba encima de él.

Una de sus manos me agarró de la barbilla y me hizo alzar la cabeza. Nuestras miradas se conectaron. Sus ojos brillaban, el celeste de sus iris tan claro como el cielo despejado se combinaba a la perfección con sus pupilas oscuras y dilatadas que me observaron con tal intensidad, que me cortó el aliento, que me hizo temblar, que aumentó mi temperatura y me hipnotizó, haciendo que todo lo demás se perdiera y dejara de tener importancia, que se eclipsara ante esa sensación ardiente que reavivó cada una de mis terminaciones nerviosas, que me hizo apreciar el tamaño de su otra mano, que me agarraba la cintura con necesidad, cuyos dedos se extendieron hasta el borde redondo de mi seno, que me hizo sentir deseada, una mujer sensual, que… me hizo sentir todo y nada a la vez.

Me relamí los labios y su mirada recayó en ellos.

Sus ojos se perdieron en mis labios voluptuosos y…

En un movimiento brusco, me acercó a él y me besó con necesidad, con violencia, mancillando mis labios con los suyos, más ardiente que la vez de la playa, un beso más urgido y, a diferencia de esa vez, le correspondí.

CAPÍTULO 9

MOVÍ LOS LABIOS, saqué la lengua y lamí los suyos, que sabían a algo dulce y acido a la vez, algo picante que me hizo jadear ante la sensación. Su olor varonil me colmó las fosas nasales y afiancé las manos a la camisa blanca de algodón que llevaba, la cual le quedaba de maravilla.

Metió su lengua en mi boca y me acarició de aquella manera singular y majestuosa que mandó un rayo eléctrico por todo mi cuerpo, despertándome con más fulgor, con hambre de dejarlo entrar en mí, de dejarle hacer aquello que tanto deseaba.

El sexo se me humedeció cuando me mordió el labio inferior. Los pezones se me endurecieron y se incrustaron en su camisa, en su torso firme y definido.

Gimió al darse cuenta de cuán caliente me sentía.

Nos acercamos más, con apetito, con deseo, sin pensar en lo que significaba aquello, en lo prohibido del acto, o quizás eso mismo nos impulsó a comer la boca del otro con más ansias.

Me giré, levanté una pierna y me senté a horcajadas sobre él, restregando el cuerpo contra el suyo, dejando que mis gemidos se mezclaran con sus bramidos, que mi sexo quedase sobre el suyo que se sentía abultado, pidiendo entrar en mi húmeda cavidad.

Tenía las bragas mojadas, los senos inflamados por la lujuria, con el deseo de ser acariciados por su boca caliente y tentadora que tan bien sabía cómo mover.

Agité la pelvis, me presioné contra él, mientras me agarró de las caderas y comenzó a subir la camisa, rebelando mi abdomen. Me la sacó por sobre la cabeza, y ese instante en que nos separamos…

Nos vimos el uno al otro, alterados. Tenía los senos al aire, tan cerca de él, que no podía perderse ni el más mínimo detalle, ni siquiera ese pequeño lunar que tenía en el pecho izquierdo, cerca de la areola.

Sus ojos descendieron por mi rostro, por la mandíbula, por el cuello hasta recorrer mis pechos voluptuosos, redondos, llenos y turgentes que se alzaban con cada respiración. Se perdió en ellos.

No pude evitar apreciar esa forma tan masculina con la que me recorrió, esa forma en la que sus ojos me acariciaron, y me lamieron incitando mis nervios. Me vibró el sexo, me sentí a punto de estallar, ya no solo por el deseo contenido que durante semanas persistió, sino también por él, porque lo deseé solo a él, a nadie más.

Y eso me asustó.

Cogí la camisa de entre sus manos y me cubrí con ella. Solo un poco ya que, por un lado, mi cerebro quería tentarlo, quería provocar su lascivia mostrándole parte de mis areolas corales.

Me levanté de su regazo y me alejé un paso.

—Lo siento, esto está mal —indiqué y me puse la camisa sin pena, sin hacer el acto algo sexual, solo queriendo cubrirme y sofocar la lujuria que nos estaba consumiendo.

Parpadeó varias veces, saliendo de la ensoñación.

—¿Por qué dices que está mal? —cuestionó con cautela, sin dejar de mirarme, de repasar mis pezones que se marcaban en la prenda, porque todavía estaba caliente, porque quería que me tocase, pero no.

Hice un gran esfuerzo para contenerme y sentarme frente a él. Tomé un almohadón y lo abracé, de esa forma cubrirme del todo.

—Lo siento mucho, Bruno. Esto es mi culpa, soy la adulta aquí, soy la que debería haber parado todo esto cuando comenzó, cuando me abrazaste y consolaste, no debí…

—¿No debiste qué…? —Suspiró y se pasó la mano por el cabello, alborotándolo—. Mira, Paula, puedo entender que estés confundida, que sí, no es el momento, tú estás frágil luego de lo que haya pasado, no obstante, no soy un niño, no soy un crío al que debes proteger y cuidar. Sé que te molesto con eso de llamarte *mami*, pero no lo eres, y no podrías serlo —apuntó con seriedad.

—Incluso si es así, sigo siendo mayor, te llevo trece años, Bruno. Para mí, eres solo un jovencito que acaba de cumplir los veinte.

Chasqueó la lengua.

—¿Te das cuenta lo ridícula que suenas diciendo eso, cuando Bran te lleva más años? —señaló con sorna. Fruncí el ceño—. Literalmente, estás más cerca de mi edad que de la suya —elevó la voz e inhaló con violencia.

Moví la boca, quise hablar, pero las palabras no me salieron.

—Sabes, no soy un niño, en absoluto, hace mucho que dejé de serlo, años, puede que hasta tenga más vida sexual que tú, que te casaste muy joven, que esperas tranquila a tu esposo que se está revolcando con otra, mientras le eres fiel, mientras esperas que él se digne a hacerte feliz y…

—¿Qué dijiste? —cuestioné, comprendiendo sus palabras, la seguridad con la que habló, la manera tan confiada con la que afirmó que su padre me era infiel.

La boca se me entreabrió y el ceño se me frunció en una mueca anonadada.

Me miró y gruñó por lo bajo, cerrando los ojos y despeinándose más el cabello, frustrado, sabiendo que no debió decir aquello si no estaba dispuesto a explicarse mejor.

—¡Mierda! —vociferó.

Bajé la mirada y se me hizo un nudo en el estómago. Mis sospechas estaban confirmadas, solo tenía que saber el resto de la historia.

—Por favor, dime lo que sabes, Bruno, te lo pido como una amiga, no como tu madrastra, no como la esposa de tu padre —dije con la voz suave y quebrada.

Lo miré con una súplica acallada.

Alzó la cabeza y observó el encielado de la sala, que no tenía nada de especial. Supe que era porque no quería verme, no quería ver cómo me desdibujaba ante él y me convertía en todo un cliché de la segunda esposa cambiada por otra más joven y complaciente, porque en el fondo, me convertí en su madre, la mujer que lo crio y protegió de su padre.

Inhaló hondo para infundirse fuerzas.

—No sé desde cuándo pasó esto, lo siento mucho, Paula, ojalá la situación fuese más sencilla de explicar, o al menos hubiese tenido la fuerza y entereza para decirte esto hacía mucho tiempo, pero… —Se encogió de hombros y guardó silencio unos minutos.

Esperé, no quería apresurar la situación, porque, en realidad, me daba miedo escuchar cómo es que sabía de la infidelidad de su padre.

—Bien, no puedo ocultártelo más, aunque me gustaría —alegó bajando la cabeza y mirándome con arrepentimiento y dolor, uno que le cruzó los bellos ojos celestes que tenía.

»Días antes de venir aquí, hará unos meses, vi algo extraño en mi madre, no sé cómo describirlo, pero me rehuía la mirada, siempre que llegaba a casa parecía… asustada, como si estuviera haciendo algo malo. No le presté mucha atención, hasta que, después del final del semestre, llegué temprano a casa. Ella se pensó que iba a estar de fiesta, celebrando la finalización de las clases, pero no fue así. Nadie terminó el examen al mismo tiempo que yo, así que decidí ir a descansar porque no dormí mucho en esos días.

Bajó los ojos y se acomodó en el sillón.

—Cuando llegué, fui a su cuarto y, antes de entrar, escuché sus gemidos, retrocedí de inmediato. Entenderás que ni un solo hijo quiere escuchar aquello, no obstante, cuando dijo el nombre de Bran… Me sorprendí. Gritó su nombre una tras otra vez, mientras la voz de él salía del móvil, lo supe por la forma en cómo se escuchaba. No estaba ahí, no obstante, fue evidente que estaban teniendo sexo.

»Corrí, me fui porque no tenía ganas de escuchar como mis «padres» —escupió esa palabra con repulsión— se reconciliaban.

Su rostro se descompuso y no supe en qué momento me encogí en mi puesto, solo estaba escuchando, sin permitirme sentir u opinar.

—Si te lo preguntas, no quise averiguar más, no me interesaba si se reconciliaron, si era solo una aventura o qué estaba pasando. Lamento decirlo de esta manera, pero tampoco me interesaba si te estaban hiriendo, no en ese momento, aunque —alzó los ojos y me miró con arrepentimiento, con dolor, con algo más que no logré descifrar—, aunque ahora puedo ver que debí detenerlo antes de que escalara, debí advertirte, sin embargo, no lo hice.

Negó con la cabeza y resopló.

—Lo dejé pasar en aquella vez, hasta que unos días después encontré a Bran saliendo de la habitación de mamá, de madrugada, sin camisa, con el carmín que ella usaba por todo su pecho. Cuando me vio, se paralizó, se quedó petrificado. Llevábamos años sin vernos, pero en ese momento, el enojo me ganó y le dije muchas cosas, le dije cosas muy duras, quizá se las merecía, pero no me detuve, grité, lo confronté, hasta le pegué…

Me tapé la boca al escuchar eso, al observar cómo reaccionaba ante sus palabras, la forma en la que sus hombros se hundieron.

El agujero que era mi alma se abrió, esa vez, no por mi propio dolor, sino por el suyo, porque para un hijo es doloroso enemistarse con sus padres, más con uno al que desea recuperar. Lo pude ver en sus gestos, en su voz. Y me dolió hasta lo más profundo.

—Mamá llegó a separarnos antes de que lo dejase sin dientes, me regañó y confrontó, diciéndome que no debía pelearme con él, que era mi padre. Me enojé con ella por decir aquello, cuando para mí prácticamente era un desconocido al que no había visto desde hacía mucho.

»No terminó bien, ella lloraba mientras le reprochaba por los malos padres que eran, por la forma enferma que tenía de llevar su relación, por todo… Les dije hasta lo que no debí y, en un momento, Bran se me acercó y me quiso golpear para callarme, en lugar de recibir el golpe, le desencajé la quijada con un puñetazo que lo hizo caer.

Guardó silencio por unos minutos, observando sus manos que se agarraban con fuerza.

—Mamá me echó de casa en ese momento, me dijo que me largara, que ya no era bienvenido, al menos hasta que no le pidiera perdón a Bran. Dijo que se merecían más respeto de mi parte y que no podía permitir que yo dijese eso de ellos y saliera sin ningún castigo. Tomé algunas cosas y, antes de irme, mientras mamá curaba a Bran, les amenacé diciendo que te contaría todo, que te ayudaría a dejar a Bran sin una mierda, que me acostaría contigo para vengarme y…

—Y por eso viniste —completé con la voz ronca y desgarrada.

Sus manos se desenredaron y aflojaron hasta caer a su costado.

Asintió.

—Debería pedirte perdón de rodillas, Paula. —Alzó los ojos y me miró, serio, con profundidad, con ese algo que no logré describir—. Desde el principio, fuiste buena conmigo, incluso en tu boda, no debí hacer aquello. Ni debí ocultarte la verdad, solo que, cuando te vi aquella noche… ¡Dios, estabas preciosa, esperando al infiel de Bran!, eras la cosa más divina que vi en la vida. Con tu cabello rojo, con tus curvas, con tus ojos grandes y brillantes de ese gris tan profundo, que tienen un fuego especial. —Sacudió su cabeza—. No pude decir nada, tenía la intención de hacerlo, de herir a Bran con tu desprecio, de clavarle un puñal al seducirte y… en su lugar, hablé con él y le dije que no te iba a contar nada, que iba a esperar que él te lo dijera.

»Me sentí mal al saber que estabas enamorada, que no eras una cualquiera, como mamá me repitió durante años. No, no, pude decir nada, en su lugar, me quedé a tu lado, observando tus formas, tu sonrisa, esa ilusión con la que esperabas a Bran, aunque me carcomía por dentro. No podía romper tus esperanzas, no quería verte…

—Como ahora —apunté con ironía.

Asintió.

—Él me hizo prometer que te diría que estaba fuera, y durante ese tiempo trató de convencerme de no decirte nada, de mantener su sucio secreto. Y no, no lo hice por él, no dije nada porque no pude, porque estabas tranquila, porque, aunque te hacía falta, me tenías a mí y sonreías. Así dejé que los días pasaran, así fue como poco a poco me fuiste gustando de verdad, no como algo simplemente sexual. Paula, lo juro por lo que quieras, mi intención es verte bien, sonriendo, tan rozagante como siempre, no quiero que estés triste por ese hijo de puta que, más tarde o temprano, le romperá por segunda vez el corazón a mamá, porque siempre es así, porque no se conforma con nada, porque se cree el mejor, porque piensa que puede tenerlo todo. Un cobarde que ni siquiera te quiere dejar ir, que te retiene porque le gusta cómo te ves a su lado, porque eres hermosa, más que todas las mujeres del mundo, y él lo sabe, así como sabe que tienes opinión, que no te vas a quedar tranquila si sabes de su infidelidad. Por eso, me pidió que callara, porque es un hijo de puta que te quiere retener, por eso mismo está irascible, porque no sabe cómo lidiar con la situación y le asusta que lo dejes, porque, pese a mamá, aún quiere tenerte —recalcó molesto.

Sus fosas nasales se dilataban y encogían con cada respiración, su pecho subía y bajaba con violencia y sus ojos centellaban por el enojo.

Cerré los ojos y reposé mi cabeza en las manos, tratando de analizar lo que me dijo.

Su madre era la amante de Bran, su madre, la mujer que, según sus palabras, me vio como una cualquiera, la misma que me estaba regresando el favor de convertirme en una cornuda, aunque, lo cierto es que yo no hice tal cosa, pese a que ella así lo sintió. Bran estaba con ella, la mujer que tanto me dijo que detestaba, que le parecía masculina y horrible, de la que tanto habló mal, de la que dijo de todo, con la que se casó por Bruno…

Me levanté del sillón.

Lo escuché, sabía lo ocurrido, sabía que las palabras de Bruno eran verdaderas, entendí todo y… No quería estar más ahí, no quería seguir con él enfrente. No porque me molestara que me ocultara la verdad, no porque me usara para vengarse de su progenitor, el hombre que amaba y odiaba en partes iguales, no, era porque su arrepentimiento me incomodaba, porque ese sentimiento que no podía ponerle nombre me hacía temblar y sopesar las cosas una y otra vez.

Pasé por su lado y me agarró de la muñeca.

—No te vayas así… Sé que estás enfadada, y tienes derecho de estarlo, pero. —Se levantó y me rodeó con sus brazos, abrazándome con fuerza y delicadeza, al mismo tiempo—. Pero, por favor, no te enojes tanto conmigo, yo solo quiero…

—¿Tú solo quieres qué? —pregunté grosera, zafándome de sus manos, escurriéndome fuera de su alcance.

Inspiré hondo y me contuve.

—Mira, te agradezco que me hayas contado todo, desde lo más hondo de mi ser te lo reconozco. En serio que sí —insistí—. Sin embargo, eso de que te gusto y demás… —Negué—. No es así como crees. Lo cierto es que solo ves en mí a la mujer con la que te puedes vengar de tu padre, con la que te puedes desfogar y así «matar dos pájaros de un tiro». Lo sé, soy bonita, me puedo ver en un espejo, sé cómo soy, sé que puedo ser sensual, y que seguro una de tus fantasías sea estar con una mujer mayor, como yo, porque lo soy, aunque digas lo que digas, te llevo suficiente edad, Bruno, y si a eso le sumas la venganza… ¡Un platillo completo! —me burlé con amargura.

Sus ojos me miraron con estupor.

—No obstante, como comprenderás, no estoy para ser el cuchillo de nadie, tampoco me apetece tener sexo con un hombre solo para saciar su fantasía adolescente, o ser un objeto lascivo más. No, no me importa si quieres vengarte, por mi parte, no quiero saber de tu padre, punto, y en cuanto a ti…

Cerré los ojos y me mordí la boca con fuerza.

—Sabes qué, ahora no tengo cabeza para hablar sin decir algo que te pueda herir, porque no puedo hacerlo, no quiero lastimarte Bruno, pese a todo, de no haberte tenido… —negué con la cabeza y sentí como los ojos me volvían a arder, como todos los sentimientos se precipitaban sobre mí.

Negué una vez más y di media vuelta, dejándolo con la palabra en la boca y esa mirada tierna que me quebró del todo.

Salí corriendo escaleras arriba, y me encerré en la habitación. Me senté en la cama y me quedé así, inmóvil, sin moverme ni un solo centímetro, sin pensar en nada. Tan humana como una roca.

CAPÍTULO 10

PASÉ DOS DÍAS ENCERRADA EN EL CUARTO, casi sin moverme. Bruno me llevaba la comida a la puerta, tocaba dos veces, me decía qué había preparado y se iba.

De cierta forma, me sentí mal por él, por lo que le dije, por lo que estaba pasando al saber que sus padres estaban juntos y eso le costó parte de su vida, le costó la convivencia con su madre… Y, por sobre eso, era todavía un joven que estaba queriendo retener parte de su relación con sus padres, y a la vez, su alma dolía por lo que le hicieron, por querer esa venganza que realmente no quería…

Me dolía saber que lo estaba reteniendo a mi lado, que pudiendo ir con sus padres y tratar de enmendar las cosas, estaba cuidándome, como si tuviese alguna responsabilidad, cuando no tenía razón de ser para comportarse tan bien conmigo.

Por él, me obligué a comer un poco, aunque en más de alguna ocasión terminé devolviendo la comida en el váter, sintiéndome débil y patética por llorarle tanto a Bran, por sentir ese nudo en el estómago, pero… Él era mi vida, Bran era más que mi esposo, era el hombre con el que siempre soñé. Y me martirizaba recordar cada aspecto de nuestra vida, de esa vida que creí perfecta, que tanto me gustaba, que tanto me llenaba, hasta que, claro, todo se fue a la basura, hasta que su verdadera personalidad me alcanzó y se devoró todo lo bueno que existía entre nosotros.

Pasé dos días largos acostada en cama. Llamé para pedir unas vacaciones. No tenía ganas de fingir sensualidad, de fingir mil sonrisas, de sonreírle a las personas y explicar los beneficios de cualquier medicamento.

Bran me había quitado lo que más amaba, de a poco, casi sin que me diese cuenta, y todo me cayó de una sola vez.

En más de alguna ocasión escuché el móvil sonar, de reojo vi que era él, pero no respondí, no tenía ganas de lidiar con ello.

Estaba enrollada con las sábanas y almohadas, casi sin cubrirme, prefería ese frío que me helaba los pensamientos, que me hacía sentir menos culpable, que se sentía familiar.

Quería enojarme, ser una mujer fuerte que luego de caerse se levanta, se sacude el polvo y sigue tan regia como siempre, no obstante, no se puede predecir cómo las emociones pueden abrumar, hasta que se vive en carne propia.

Escuché cuando Bruno llamó a la puerta, supuse que era para dejar la cena. No fue así, en lugar de dejar la bandeja de comida fuera, entró con las manos en los bolsillos y una sonrisa triste en los labios.

Apenas levanté la mirada, apenas me fijé en él.

—Vamos, preciosa, levanta, vamos a hacer algo, a despejar la cabeza, a dejar toda esa vibra funesta fuera —dijo con tranquilidad, acercándose a la cama, hasta que se sentó al lado y me peinó el cabello con cariño y cuidado.

Me quise encoger y agarrarme a él, como si fuese el salvavida que necesitaba, no obstante, no le podía hacer aquello, no era justo para él.

Inspiré hondo.

—Vamos, Paula, no te puedes quedar por siempre llorando por él, deberías de saber que eres una mujer increíble, hermosa, fuerte, que este es solo un hoyo en tu increíble vida, que Bran se lo pierde, que es un estúpido. Venga, eres sexy y joven, no puedes dejarte perder por un hombre de esta manera —indicó con seriedad.

Alcé la mirada y vi esa sonrisa más amplia, me recorrió con sus ojos y me di cuenta de que casi estaba desnuda enfrente de él, que estaba frágil, con un hombre fuerte, guapo y grande que tenía la intención de protegerme.

Tal vez fuera una locura, pero aquello llamó mi atención. Me vi delicada a su lado, salvaguardada, cuidada y, sobre todo, deseada.

Estaba mal, eso quedó claro, más cuando vi imágenes de él, sometiéndome, amarrándome a la cama y complaciéndome con su boca fogosa, con sus manos grandes y habilidosas, con su miembro erguido ancho y fuerte.

Inspiré hondo y observé cómo se le ceñía la camisa blanca y sencilla que tenía puesta, los músculos trabajados que se entreveían a través de la prenda.

Me relamí los labios y el sexo me reclamó, sabiendo que necesitaba más que desfogarme, algo más que solo sexo, aunque quizás aquello ayudaría.

Sacudí la cabeza, no, no haría eso.

Su mano se acercó a mi hombro y me recompuso el tirante delgado de la camisa de satén que llevaba, la misma en la que se transparentaban mis pezones y areolas. Sus ojos vagaron por mi silueta, hasta llegar a las pequeñas bragas de encaje que tenía puesta.

Inhaló por la boca y subió los ojos, reprendiéndose por admirarme de aquella manera tan lasciva, pese a que yo estaba haciendo lo mismo.

—¿Qué te parece si te duchas, te arreglas, y vamos a algún lugar? —preguntó removiéndose.

Me mordí el labio inferior y asentí, sin saber más qué hacer, sin saber qué más hacer para detener mi agitado corazón, para sosegar esas ansias que me acogieron en cuanto se acercó y su aroma masculino me colmó las fosas nasales, con ese olor tan especial, tan incitante, que me irguió los pezones y me humedeció la entrepierna.

Carraspeé.

No, no quería pensar más en Bran. Bruno tenía razón, no me podía quedar así por siempre, además, tenerlo cerca era un incentivo mayúsculo que me hacía olvidar todo lo demás, que me volvía una mujer sexual y, si bien no me iba a meter con el que seguía siendo mi hijastro, tampoco quería decir que no pudiera tontear con alguien más.

—¡Perfecto! —exclamó con una sonrisa más genuina, y los ojos resplandecientes.

Se levantó de un solo salto, rodeó la cama, se inclinó sobre esta, me tomó de las manos y me jaló para ayudar a levantarme.

Me quejé cuando sentí mi cuerpo siendo manejado por el suyo.

De un jalón más enérgico, me puso de pie y mi cuerpo impactó contra el suyo, duro, varonil y fuerte.

Tragué saliva con dificultad cuando lo sentí tan cerca que se me cortó la respiración y las bragas se me mojaron.

Me retuvo un momento en esa posición, mirándome desde su altura, estudiándome cual criatura herida que deseaba curar y domesticar, con todas las implicaciones sexuales que eso tenía.

Un tirón proveniente de mi sexo me sacó de esa conexión tan excitante que nos obnubiló la mente a ambos.

Carraspeé y me escurrí de entre sus brazos.

—Deja que me duche y arregle. Bajo en unos minutos —mencioné, saliéndome del embrujo, pese a que lo húmeda que estaba iba a requerir una buena ducha fría.

—Claro —aceptó en un pequeño susurro, y sentí sus ojos en mi espalda, bajando hasta mi trasero, apenas cubierto por una pequeña braga.

Me metí al baño antes de que cambiara de idea y me dejara llevar por las hormonas, por esas sensaciones confusas que me estaban acogiendo.

No podía sentir aquello por un jovencito, por mi *hijastro*, no podía tratarlo como un remedio para curar mi soledad, para curar mis ansias, para suprimir todo el mal que me hizo su padre. No, yo no era una mujer así, tenía valores morales.

Sin más demora, me desvestí y metí a la ducha, bañándome con gusto, ni siquiera sentí si el agua estaba fría o caliente, solo me dejé envolver por esa sensación. Me enjaboné con deleite, tocándome los pechos que tenía llenos y deseosos de que otras manos los mancillaran, bajé las manos por mi abdomen plano, y las pasé por el monte de venus que todavía tenía sin vellos gracias al tratamiento que me hice tiempo atrás. Agarré más jabón líquido y me lavé a consciencia, disfrutando de la sensación resbaladiza y estimulante.

Fracasé en la tarea de relajarme, de detener ese fuego que me consumía desde que vi a Bruno entrando a la habitación, con su camisa entallada, sus piernas largas y fuertes enfundadas en aquel vaquero oscuro, en su rostro juvenil y masculino que, inevitablemente le hacía ver mayor, en especial por esa barba que le enmarcaba el rostro.

Rezagué esas ideas porque no estaban bien tenerlas, además del hecho de que solo me aumentaban la temperatura.

No, no quería pensar en Bran, pero tampoco estaba bien que pensase en Bruno, menos de aquella forma tan… ¿sucia?

De cualquier manera. Saldría con Bruno, no sabía a dónde, quizás estaría bien ir a un bar, o a una discoteca. Él encontraría a alguien de su edad, y yo buscaría a alguien más.

No podía seguir guardándole fidelidad a un hombre como el que tenía por marido, no me iba a quedar en la cama, lamentándome cual tonta. Tenía necesidades, necesidades que nadie sosegó durante meses. El cuerpo me ardía y me pedía envolverse en unas manos masculinas que me hicieran sentir deseada.

Quizá no era lo más conveniente de hacer, después de todo, aún estaba casada, sin embargo, las rupturas no tienen una forma lineal de cómo manejarse, no existe una fórmula para proceder con un corazón roto, y fuese por lo que fuera, tenía el corazón palpitando con fuerza, y el sexo pulsando ante la necesidad.

Si bien no podía remediar lo que sentía mi alma, podía solucionar lo que el cuerpo me pedía.

Por todo lo bueno del mundo, y por todo el amor que me tenía, ese día tendría a un hombre entre las piernas.

CAPÍTULO 11

ME PUSE UN VESTIDO DELICADO, de seda, en color rosa pálido, de tirantes, que no permitía el uso del sostén, no solo por los delgados tirantes, sino porque la espalda era descubierta. El vestido era flojo en el pecho, hasta que en las caderas se ceñía a mi piel como un guante, acabando hasta un poco menos de la mitad de los muslos. Con unas rajaduras a los laterales de la falda que mantenían la tela ajustada gracias a unas cadenas que se entrelazaban, cadenas delgadas y plateadas, que hacían lucir mis piernas con más delicia y sofisticación.

Me calcé unos tacones altos, de tiras delicadas que se amoldaban a mis pies. Quizá no eran cómodos, nada de aquel atuendo lo era, sin embargo, no me importaba. Quería verme sexy, arrebatadora, hacer que más de un hombre voltease a observarme, que me repasaran con sus ojos. Quería ser más que una mujer dejada, más que una cornuda.

Peiné mi melena en ondas suaves y hermosas que me enmarcaban el rostro y la figura. Me maquillé para realzar mis ojos grises.

Una vez me vi en el espejo, tan sensual como siempre, respiré dos veces para infundirme fuerzas y meterme en la mente de que, esa era la idea correcta.

Si Bran ya no era, de hecho, mi esposo, yo no le debía fidelidad a nadie.

Con esa idea en la cabeza, tomé mis cosas, las cuales metí en un bolso pequeño que combinaba con el atuendo y bajé.

En los últimos escalones, cuando ya divisé la primera planta, lo vi, parado al finalizar la escalera, comiéndome con la mirada, con esos ojos celestes que resplandecían y me hacían sentir voluptuosa.

Bajé las escaleras moviendo las caderas, deseando tentarlo solo un poco más, no por maldad, sino porque me sentí eufórica al ver la manera en la que me miraba.

—¿Listo? —pregunté con la voz aterciopelada, como si horas atrás no hubiese llorado hasta quedarme dormida.

Se relamió los labios al ver el escote que se formaba en el frente gracias a lo flojo de esa área, en donde se entreveía el canalillo y parte de mis pechos firmes y llenos.

—Ahora estoy dudando que sea buena idea salir —mencionó con la mirada obnubilada, perdiéndose en mis curvas—. Más bien me dan ganas de sacarte ese vestidito por la cabeza y saber lo que hay debajo…

—No digas tonterías, Bruno. —Sonreí y bajé el resto de las escaleras.

Le agarré de la mano y lo llevé hasta la puerta.

—Juro que me voy a morir de celos si alguien te toca —anunció como si tal cosa…

Me reí entre dientes, emocionada por tenerlo cerca, aunque fuese solo un aliciente para sentirme «más mujer», a dejar atrás todo lo malo y recuperar un poco quién era.

Además, estaba irresistible con la cazadora de cuero que llevaba puesta, le hacía ver rudo, mayor, y delicioso. No lo podía negar, quizá también tendría celos, pero no pasaría nada entre nosotros.

Salimos de la casa y le dije que fuésemos en su moto. Quería probar de nuevo esa emoción que tanto me angustió al principio.

—¡Ni en sueños te dejaré subir con ese microvestido a la moto, Paula! —exclamó, negándose en redondo.

Parpadeé como niña buena e hice un puchero con los labios, al tiempo que ponía las manos enfrente, juntando los pechos para convencerlo de todas las maneras posibles.

—Por favor, Bruno, solo quiero sentir un poco la emoción, y así olvidar lo de… —Bajé la mirada, simulando tristeza, aunque lo cierto es que solo me quería restregar contra su espalda, por muy ruin que fuese aquello.

Inspiró hondo y cerró los ojos.

—¡Cómo te puedo negar algo si te pones así! —profirió y maldijo por lo bajo.

Sonreí, tímida y me mordí el labio.

Negó con la cabeza y se dio media vuelta para darme uno de los cascos. Me puso el casco con cuidado y lo ciñó a mi rostro, asegurándose que no se me caería.

—Bien, pero tendrás que subir como las damas de antes, con las piernas a un lado, de ninguna manera permitiré que te vean hasta lo más profundo —amenazó.

Asentí porque gané. Estaba consciente que la posición era incómoda, no obstante, subir normal no era posible, no si no quería que se diera cuenta media ciudad que no llevaba bragas.

Se puso el casco suyo con un gruñido gutural y se subió a la moto, la cual encendió y luego me hizo una ceña para que me sentase a su espalda. Como pude, me agarré de sus hombros y me subí con cuidado, cerrando las piernas para que nada se me viese, para no mostrar nada que no quisiese.

Me agarré con fuerza de su torso y sentí su gruñido que reverberó en un temblor en su pecho que me hizo sonreír.

Presioné mi cuerpo contra el suyo cuando se puso en marcha y sentí que los nervios de la anterior vez me acogían, pero no de la misma manera, esa vez, fue diferente porque estaba cómoda con él, porque confiaba en su conducción.

Aproveché cada oportunidad para acoplarme a su cuerpo, para sentir a un hombre de verdad. Al menos si no tenía nada con nadie, lo tendría a él, a ese momento en donde pude sentir algo más que mis manos, algo más que mis caricias.

Quizás al llegar podría usar los juguetes que llevaba días sin utilizar.

Llegamos a un bar/discoteca ubicada a solo unas calles del centro, era uno de los lugares de moda entre los jóvenes, lo sabía porque tenía compañeras de trabajo que aún estaban en su veintena, y ellas hablaban mucho de ese lugar.

Bruno se quitó el casco, se giró y me observó con fijeza, con un fuego reluciendo en sus pupilas.

—Me bajo y te ayudo, ¿bien? —indicó sin dejar lugar a replicas, con un tono de voz rudo y nada sutil.

Asentí despacio.

Se apeó de la moto y me quitó el casco con cuidado, evitando despeinarme, pese a que era una tarea casi imposible.

Parpadeé cuando capté las luces fluorescentes del letrero de la discoteca que estaba cruzando la calle.

Sus manos se deslizaron a mi cintura y de un movimiento brusco y fuerte, me bajó de la moto, apretándome contra su cuerpo.

Se me cortó la respiración al sentirlo así de cerca, al sentir su calor envolverme, cubrirme. Estaba helada por el trayecto, porque, pese al calor del recién iniciado verano, no llevaba más que un vestidito pequeño, en cambio, él estaba hirviendo, cálido.

Me mordí el labio inferior cuando nuestras miradas conectaron y me sentí famélica por probar aquellos labios masculinos que me tentaban.

—¡Bruno! —exclamé con la voz suave.

—Paula…

Inspiré y mis pechos se incrustaron en su camisa, algo que lo hizo gruñir por lo bajo y acariciarme con esos preciosos ojos celestes que tanto me estaban incitando.

—Vamos, hay que bailar —rompió el momento, tomándome de la mano y llevándome al otro lado de la calle, donde entramos a la discoteca.

No sabría explicarlo, quisiera o no, no tenía palabras para detallar lo que pasó una vez entramos. No fuimos a la barra a probar un trago, en su lugar, Bruno me llevó a la pista. La música resonaba con fuerza, era una lista de canciones sensuales. Las luces estroboscópicas solo hicieron que el fuego en sus pupilas se hiciera más evidente.

Me agarró de las caderas y nos movimos como dos amantes que se conocían a la perfección, que sabían qué hacer para incitar al otro mientras bailaban una canción sensual y estridente que no me sonaba de nada.

Nos restregamos el uno al otro, su muslo se metió entre mis piernas y acercó mi torso al suyo. Fue una suerte ponerme aquellos tacones para quedar a una altura indicada.

No podía más que moverme, embeberme con su mirada resplandeciente, con esas pupilas dilatadas que tenía ese halo celeste a su alrededor. Con las manos en sus pectorales, dejándome llevar por sus pasos, por la forma en la que me estaba manejando.

De vez en vez, sus ojos bajaban a mis labios.

No, nadie más se nos acercó, no vimos a nadie más. La tensión sexual entre nosotros era palpable, incluso para los que estaban a nuestro alrededor. Se me olvidó quién era él, se me olvidó de que era un jovencito, mi *hijastro*, se me olvidó todo, solo me dejé llevar por esa tensión prohibida y excitante, por ese hilo invisible que nos unía. Me dejé llevar por el movimiento de mi cadera, por la forma en las que sus manos me apresaban con posesión, la forma en la que las mías recorrían sus pectorales, sus hombros redondos. Me dejé llevar por las sensaciones que su cuerpo despertaba en el mío.

Fuimos a la barra cuando nuestra sed de algo más fue demasiado que hasta se me bajó un poco el tirante del vestido. Él me lo subió acariciándome la piel, llevando los ojos hacia donde me estaba tocando, y luego, con un gran suspiro, me condujo a la barra, donde pidió por los dos.

No pude separarme de él, me sobrepasó el hecho de tener un fuerte deseo sexual por Bruno, me sobrepasó su cuerpo, su rostro, su mirada férrea, todo mi ser exigió quedarse a su lado.

Nos sentamos en los bancos frente a la barra y nos miramos con intensidad, mientras bebíamos nuestros tragos.

Sin pretenderlo, se acercó de a poco, me relamí los labios llevando una gota del trago que se me resbaló por la comisura.

Cerré los labios cuando lo sentí tan cerca, que hasta los vellos se me pusieron en punta.

Sacó su lengua y me lamió la boca.

—Quería probar tu trago —susurró al alejarse, con esa mirada pícara y una sonrisa ladeada que me descolocó.

Me pasé la lengua por los labios, imitando su gesto.

—Deberíamos irnos —dije excitada, pese a que no lo estaba diciendo por lo que él creyó, sino porque necesitaba llegar a casa, subir y masturbarme.

Quizá podía usar los eventos de esa noche para llegar al éxtasis, no obstante, no pensaba usarlo a él.

Sonrió ladino y se levantó del banco.

Me agarró de la cintura para bajarme del asiento, poniendo sus dedos muy cerca de mis pechos.

Dejé de respirar y me mordí el labio inferior, tan hechizada por el momento como Bruno.

Sus manos se deslizaron a mi cadera y me apretó contra sí.

—Vámonos, preciosa —canturreó, cerca de mi rostro, dejándome sentir su aliento que olía a alcohol y a menta.

Me soltó la cadera, pero me tomó de la mano y me llevó hasta la salida del local, con prisa, con necesidad.

Sí, él también se sentía tan abrumado por nuestra cercanía, como yo.

Fuimos a la moto, y esa vez, no me senté como una «dama», no. Esperé que subiera y me puse detrás suyo. La calle estaba vacía a aquella hora, solo estaba una mujer fumando y el guardia que no nos prestaron atención. Así que no me importó que alguien me viese, no había razón para pensar que, desde la distancia, podrían ver que no llevaba bragas. En cambio, quería tener todo el contacto posible con Bruno, quería sentirlo pegado al pecho. Sería la última vez que lo tendría así de cerca, la última vez que experimentaría ir agarrada a su espalda, de oler su aroma masculino y sentir su tibia piel a través de la ropa.

Se giró y me vio aferrada a su cuerpo. Alzó la ceja, se puso el casco y me pasó el otro, el cual me puse a la brevedad.

Sus ojos se quedaron en mi anatomía, en la forma en cómo estaba sentada, en la manera en la que las cadenas que unían la tela rajada del vestido se tensaban muy cerca de mi entrepierna, la cual, solo estaba cubierta por su cuerpo.

Tragó con dificultad y, en un momento de caballerosidad, se quitó la cazadora y me hizo ponérmela.

—No quiero que nadie te vea —aseguró con la voz ronca, vibrante.

Me la puse sin rechistar, pero no subí el cierre, la dejé abierta y solo me acerqué a él cuando se volvió al frente y se puso en marcha.

Pude sentir todos sus deliciosos músculos tensándose a cada instante, pude percibir la forma en la que su piel se calentaba más y más, en especial cuando me restregué y le dejé sentir que no llevaba sostén.

Aceleró y me apreté más a él, no como forma de seducirlo, sino porque realmente me asusté. Confiaba en él, no obstante, la velocidad no me gustaba tanto.

Llegamos a casa en unos minutos. Como las anteriores veces, apagó la moto, se quitó el casco, descendió y me ayudó a quitarme la protección y a bajarme del vehículo. Como antes, me pegó a su cuerpo, sin embargo, sus manos no fueron a mis caderas o cintura, no, las puso sobre mi trasero, el cual magreó a su gusto.

Sus ojos estaban oscuros, su mirada era una advertencia clara.

—¡Bruno! —exclamé asombrada, casi regañándolo, pero tampoco me aparté.

—Ve cómo me tienes —apuntó, mientras rozaba su entrepierna con mi abdomen bajo, dejándome sentir su erección, dura, fuerte, maravillosa.

Se me abrió la boca y lo miré con lascivia, con deseo contenido, el mismo que estuve guardando durante tanto tiempo, incluso antes de volver a verlo. Tenía tantas ganas de ponerme bajo su cuerpo y dejarme llevar…

Sin embargo, sonreí, me quité la cazadora, se la di y me alejé, apartando sus manos con delicadeza. Caminé hacia la casa y entré, con Bruno a mi espalda, siguiéndome el paso.

Tiré el bolso a cualquier parte y me dejé caer en el sillón, poniendo las piernas sobre este y llevando la cabeza atrás. Sentí que uno de los tirantes se deslizaba, dejando entrever, un poco más, el escote de mi busto.

Quería ser sexy, ser tan sexy que me fuera imposible no excitarme con el solo recuerdo, porque al final, es lo único que tendría.

Percibí sus ojos recorriéndome desde la cara, los hombros, los senos, el abdomen, hasta las piernas que tenía cruzadas para apretar los muslos que notaba mojados.

—¡Eres impresionante! —exclamó Bruno, para luego sentarse al otro extremo del sillón, agarrando mis pies y llevándolos sobre su regazo.

Abrí los ojos cuando sus manos diestras me quitaron el tacón derecho, con cuidado, sin dejar de observar cada expresión que ponía. Se deshizo del otro zapato y me masajeó los pies con delicadeza.

Gemí con el primer contacto, dejándome hacer por esos dedos largos, fuertes, que me acariciaban en los puntos correctos.

—Deben dolerte luego de bailar durante tanto tiempo —dijo como si tal cosa…

Me mordí el labio inferior cuando aplicó fuerza sobre el arco. Jadeé y me recosté mejor.

Sus manos subieron por el tobillo, sobando, acariciando con deleite, tocándome como si fuese caricias poco excitantes, cuando lo cierto es que me estaba subiendo la temperatura de una forma vertiginosa.

—¡Bruno! —susurré en un hilo de voz, cuando sus manos me frotaron la parte trasera de las rodillas y muslos, abriéndome un poco las piernas, tuve que apretar los muslos, no solo para acallar esa deliciosa sensación, sino también para que no viese que no llevaba bragas.

Sus manos regresaron a mis pies y me acarició más, hasta que volvió a subir, pero no pasó de la rodilla.

—Estás tensa —murmuró—. Vamos, Paula, date vuelta, quiero ver si tus hombros están igual de duros —indicó con la voz ronca y pude ver sus segundas intenciones.

No me importó si me quería tocar toda, solo quería sus palmas contra mi piel caliente. Me giré y me senté dándole la espalda. Apartó mi cabello y bajó el otro tirante, dejando el vestido agarrado por mis brazos, aunque me podía quedar desnuda en cualquier momento.

Mi excitación crecía, esos preludios me estaban matando, casi tanto como si me estuviese tocando más allá de lo que dejaba ver el vestido.

Puso sus dedos diestros sobre mis hombros y me masajeó casi sin presionar, más como un roce.

—Como me imaginé… estás tensa, y hueles de maravilla —dijo tan cerca de mi cuello que sentí su aliento caliente contra mi nuca.

Gemí. Tenía la entrepierna mojada, tan mojada que seguro ya habría humedecido el vestido, además, los pechos los tenía alzados, expectantes, con los pezones erguidos y esperanzados a que sus dedos bajaran más y más.

Se entretuvo masajeando mis hombros y cuello, aplicando la presión adecuada para que el masaje fuese incitante, hasta que, como predije, sus dedos bajaron por mi escote y tocó mis pechos, solo un poco, lo justo para que el sexo me palpitase y me pidiese más.

Me estaba perdiendo.

—Ahí no estoy tensa —susurré y el sexo se me calentó más.

—¿Segura? Porque yo te noté muy dilatada —bajó más los dedos y me rozó las areolas, bajando un poco más el vestido, hasta que solo se sostuvo de mis pezones duros y alzados.

Jadeé, femenina, con los ojos cerrados y las piernas entreabiertas.

—¿Qué me estás haciendo, Bruno? —pregunté azorada, sintiendo que, poco a poco, caía en su red, en esa red en la que quería perecer desnuda, en uno y mil orgasmos.

CAPÍTULO 12

GEMÍ CUANDO SUS DEDOS ME ACARICIARON LOS SENOS, casi sin acercarse a esa área donde más necesitaba de esos dulces roces.

El vestido se deslizó por mi abdomen y él gruñó al ver mi espalda desnuda.

—No deberíamos hacer esto —dije casi sin voz, porque sus caricias me estaban enloqueciendo, porque no me estaba tocando de forma más tajante, sino más bien sugerente.

Subió por mis hombros y me sobó la espalda, llevando las manos a los lados hasta que me tocó el borde de los pechos.

Abrí más las piernas, sin pensarlo.

—¿Por qué no deberíamos hacerlo, Paula? No hay razón para que un hombre y una mujer no estén juntos, para que, tú y yo no podamos tener algo.

Me giré al escucharlo, solo el cuello, casi sin querer mostrarme desnuda, porque así me encontraba, mientras sus manos pasaban por el borde de mis senos que comenzaban a pesar a causa de la excitación.

Sus ojos brillaban con intensidad, como fuego azul, como dos rayos que querían calcinarme a causa de la lascivia que despedían.

—A mí no me importa que seas mayor, Paula, mucho menos quién estuvo contigo antes, ni otras cosas. Sé que lo quieres tanto como yo... —sus dedos se desplazaron y me pellizcó los pezones con cuidado. Jadeé y me dejé llevar por sus ojos obnubilados—, y eso, es lo único que me importa —dijo antes de acercarse, besarme y acoger mis pechos con sus manos, amasándolos con satisfacción.

Sollocé contra sus labios, sobreestimulada con lo que me estaba haciendo, con cada cosa.

Inquieta, y sin poder negar sus palabras, me giré, rompí el beso por un momento y me puse sobre él, a horcajadas. Me recibió con un gruñido varonil, mientras me admiraba con pretensión, con deseo, recorriendo mi cuerpo casi sin ropa encima .

—Desnúdame y hazme tuya, Bruno. Haz que este fuego me consuma —le pedí con la voz suave y aterciopelada, tan necesitada como me sentía.

Sus ojos se entornaron, pero no dijo más, en su lugar, agarró el vestido que se enrolló en mis caderas, alcé la pelvis y los brazos, para que así pasara la prenda por mi cuerpo. Cuando se atoró en mis pechos, gruñó y aplicó un poco más de fuerza para verlos rebotar.

Sus ojos cayeron en mis virtudes cuando quedé sin prenda que me cubriese, descendió desde mi cuello, pero algo llamó su atención.

—¡Dios, no llevas ropa interior! —exclamó exaltado.

Bajé la cadera hasta posicionarme sobre su miembro erguido que pedía, gritaba, por penetrarme.

—No, no llevo nada —concordé ronroneando cual felino deseoso por una caricia.

Sus manos se posaron en mis caderas y me removí contra su miembro, algo que nos hizo gemir al mismo tiempo.

No me pude resistir más, me dejé caer sobre su boca, besándolo con ímpetu, con necesidad, lamiendo sus labios delgados y masculinos, al tiempo que me abrazaba con su cuerpo, acercándonos hasta que sentí su calor, hasta que su aroma varonil combinado con su sudor me colmó el olfato y me hizo restregar con más fuerza, mientras sus manos me agarraban el trasero y me magreaba con placer.

El beso era fogoso, delicioso. Su lengua me abrió la boca y me exploró, acariciando la mía con tal experiencia, que solo hizo que me palpitara el sexo con exigencia.

—¡Por favor, tómame! —le pedí desesperada, en medio del beso, tan mojada que ya comenzaba a traspasar la tela de su vaquero.

—Chist, tranquila, sé lo que necesitas —dijo, agarrándome del trasero con más fuerza y, conmigo en brazos, se levantó como si no pesase más que una pluma.

Me abracé a él con fuerza y le rodeé con las piernas.

Rocé la pelvis con su vientre bajo y gruñó.

—Eres increíble, de verdad —halagó y me llevó hasta a su habitación, mirándome excitado, con los ojos oscuros, con su boca roja a causa del beso, lo que me hizo pensar en cómo me vería con el cabello revuelto, los labios hinchados, con los pechos rebotando con cada paso que daba, y sus manos sobre mi trasero, que me mantenían firme.

Me mordí el labio.

Entramos a su habitación, la cual olía más a él y, aunque no estaba del todo ordenada, no me importó.

Me dejó caer en la cama y luego se quitó la camisa, revelando su abdomen bien trabajado, ya alguna vez lo vi haciendo ejercicio con las viejas pesas que tenía en el garaje, así como también sabía que corría por la noche.

Mis ojos vagaron por sus esculpidos músculos, por esos pectorales perfectos, marcados, que me incitaban a morderlos y lamerlos.

—¿Estás segura de querer esto? —preguntó desabotonándose el vaquero, con los ojos puestos en mí.

El corazón me corría con prisa, apenas respiraba, tenía el cuerpo caliente, sonrojado y con la urgencia de eclipsarme en un devastador orgasmo.

No respondí, en su lugar, abrí las piernas en una clara respuesta que hizo que sus pupilas se enfocaran en lo mojada que me encontraba.

—¡Dios! —gruñó antes de echarse sobre mí y hacer lo que tanto deseaba.

CAPÍTULO 13

SE SUBIÓ A LA CAMA CON PRONTITUD, hincándose entre mis piernas y apoyando las manos a los lados de mi cabeza para sostenerse. Bajó el cuerpo y me besó.

Llevé las manos a su espalda y le devolví el beso, con pasión, con necesidad, devorando sus labios con los míos, estableciendo un duelo entre nuestras lenguas que hizo que la temperatura se elevara, pese a que, aquello, parecía irreal.

Me alcé y pegué los pechos a su torso, sintiendo la piel con piel.

Gemí, y él gruñó ante esa caricia tan deliciosa de estar cerca, de poder sentir la piel del otro, su calidez, su textura.

Sus labios descendieron por mi barbilla, luego por el cuello, el cual lamió desde la base hasta la oreja. Aprovechó para besarme el lóbulo. Un escalofrío placentero me cruzó desde donde su boca me rozaba cada nervio, despertándome el cuerpo, hasta mi sexo pulsante que tanto anhelaba que su firme erección lo invadiera.

Jadeé cuando volvió a bajar y me succionó la sensible piel del cuello, creando, con seguridad, una marca pequeña que me adornaría por unos días.

Sus labios fogosos siguieron descendiendo hasta toparse con mis senos.

Pasé las manos por su cabeza y le sobé el cuero cabelludo con las uñas, en apenas un toque.

—Bruno —sollocé en un quejido femenino, revolviéndome contra su cuerpo para saciar el hambre que nacía en mi vientre bajo y se esparcía por todo el cuerpo, como las raíces de un árbol.

—No deberías hablarme así, Paula, no sabes lo que me hace escuchar tu voz… —ronroneó, alzando, solo un poco, la cabeza para contemplarme, con su boca al lado de mis senos que, turgentes, aguardaban.

Me mordí el labio.

—¡Bruno! —volví a decir, con la voz todavía más fina, agitándome.

Sonrió ladino y, sin querer alargar la situación, me atacó. Se llevó un seno a la boca, agarrándome desde la cadera y llevando mi cuerpo hacia el suyo.

Sus deliciosos labios tomaron como presa mi pezón, el cual estimuló con ansias, irguiéndolo hasta el máximo, apresándolo entre sus fogosos dientes hasta que me sacó un gritito, mismo gesto que mandó un rayo eléctrico a lo profundo de mi sexo que se mojó más.

La necesidad me sobrecogió y deseé poder tenerlo dentro, no obstante, él se negaba, quería torturarme con esas caricias tan brutales, rudas.

Sus dientes me mordisquearon, su lengua calmó ese ardor delicioso y aumentó mi calor, sus labios fueron exigentes, febriles y delicados, todo al mismo tiempo.

Incrusté los dedos en su mata de cabellos rubios y arqueé la espalda para poder exponerme más a sus toques bestiales que cada vez me estaban acercando más al abismo.

Pasó al otro pecho, sin embargo, con ese fue más rudo. Jugó con su mano y boca, apretando la carne, elevando más la perla rosada que se metió a la boca, la que rodeó con la lengua, la que mordió con un poco más de fuerza con esos dientes rectos y blancos que me hicieron mojarme más.

Estaba empapada.

Una capa de sudor fino me recubrió.

Sus manos en mi cadera me arañaban la piel, y lograba sostenerse con sus piernas, las cuales me abrieron más, de tal manera que estaba abierta y vulnerable para él, a su merced.

Me castigó con sus labios un rato más, hasta que sintió cómo el pulso se me descontrolaba y respiraba con superficialidad.

Se detuvo.

—Todavía no, Paula —dijo relamiéndose los labios, observándome con esa mirada peligrosa y lasciva.

Me besó el abdomen y temblé. Eran besos pequeños, puestos en lugares estratégicos, sin quitar sus ojos celestes de los míos, recabando cualquier información para estimularme más y llevarme al precipicio.

Se deslizó por mi cuerpo, me abrió las piernas con sus hombros, y llevó la parte posterior de mis muslos sobre estos, dejando su cabeza a la altura del pubis.

Contuve el aliento al ver lo que haría.

Me agarré a las sábanas para no quitar esa visión al poner las manos sobre su cabello.

—¡Por favor! —rogué cuando vi que abría la boca y soplaba aire frío sobre mis pliegues sensibles.

Sonrió y bajó la mirada para admirar lo que se comería. Apreté el labio inferior entre los dientes, reteniendo ese gemido que quería escapar desde lo más profundo de mi ser, ese que rebelaría cuán excitada me encontraba.

Sus ojos recorrieron mi monte, mis pliegues, esa pequeña cavidad por donde se escurría mi elixir.

—Estás empapada —susurró con la voz ronca, con los ojos nublados por la visión de mi sexo excitado y preparado para recibirlo.

Sin más espera, se relamió los labios y sacó su lengua masculina y recorrió todos los pliegues con su punta.

Gemí y me vibró el cuerpo al sentir esa simple estimulación. Y sin más, su boca entró al juego de lleno. Sus labios me acogieron tal y como hizo con los pezones. Me torturó el clítoris con su lengua que lo rodeaba y luego me mordía con suavidad, enviando mil corrientazos eléctricos que me elevaban más y más la temperatura, que me sacaban mil jadeos y gemidos que me arquearon la espalda, que me hicieron tocarme los pechos con apremio y rudeza.

Estaba a punto de llegar, estaba tan cerca, Bruno lo supo, por la forma en la que se me arqueó la espalda, por cómo se me tensaron las piernas, por cómo el sexo comenzó a latirme.

Aprovechó, sabiendo que tendría un devastador orgasmo y, en lugar de hacerlo más sencillo, metió su lengua dentro de mi canal y… Todo se precipitó. Cerré los ojos, gemí una vez tras otra, revolviéndome, restregando el sexo con su boca, dejándome llevar por lo que estaba percibiendo, por la forma tan apoteósica con la que su boca me adoraba, con la manera en la que su lengua se movió rozando cada uno de los puntos que más me enloquecían.

Todo explotó dentro de mí, los espasmos me recurrieron desde el sexo, tensándome los músculos y haciendo que me presionara con más fuerza los pechos, que afincara los pies en su espalda.

Grité, grité su nombre y luego caí en el nirvana, en lo más alto de la cima.

Sentí ese último lametón en lo más profundo, justo antes de quedar laxa sobre la cama, sin energía, con la respiración truculenta y el corazón alterado.

Percibí cuando la cama se movió, cuando me puso tal como quería. Me volteó y colocó una almohada pequeña bajo mi vientre.

—Quiero penetrarte con fuerza —susurró en mi oído y gemí ante tal promesa—. ¿Puedes hacer eso por mí?, ¿lo puedes soportar? —preguntó con la voz teñida por la lujuria.

Su cuerpo se presionó contra el mío. Noté su miembro contra mi trasero, abriéndose paso por sí mismo, y ese simple hecho, me quitó cualquier pensamiento racional que pudiese tener, así como me hizo tener un creciente deseo por ser penetrada por Bruno, por aquel hombre imponente que apenas estaba conociendo, que no tenía ni idea de que existiera.

—Tómame como quieras, soy tuya —aseguré sin saber qué estaba diciendo, solo me dejé llevar por el momento, por esa sensación de sentirlo a mi espalda, duro, fuerte y excitado por mí, solo por mí. Me olvidé de todo lo demás, nada en aquel momento tenía importancia, en ese instante, solo lo quería dentro.

Bramó.

Giré un poco la cabeza para verlo. Estaba detrás, hincado, con las manos afincadas sobre mis caderas, abriéndome el trasero al estirarme la piel. Sus ojos fijos en mi intimidad.

Jadeé.

Observar cómo se ponía, despertaba más mi ardor, como si no hubiese tenido un buen orgasmo minutos atrás.

Antes de penetrarme, me pegó una nalgada que hizo que mi carne se moviera. Rugió profundo ante tal temblor.

—¡Eres deliciosa! —exclamó y me embistió con fuerza, hondo, y delicioso.

Se me escapó un sollozo suave que casi no se oyó porque me estaba quedando sin voz ante aquella muestra de masculinidad y deseo.

Distinguí su pene llenándome, estirándome, grande, grueso y poderoso, que tocaba cada zona sensible de mi anatomía.

—Por favor, Bruno —rogué por más, deseando que aquellas sensaciones se elevaran y nos llevaran a la locura.

Se quedó un rato quieto, permitiendo que me adaptara a su tamaño, que me estirace hasta envolverlo con más facilidad, aunque lo único que quería es que me destrozara, que me tomara con la rudeza que pude sentir en un primer momento.

—¡Bruno! —exclamé con energía.

Gruñó y sin más dilaciones comenzó a mover su cadera, un movimiento sublime que me estimuló en las zonas correctas, que percibí en lo profundo, que me hizo rozar la locura.

Sus manos me agarraron con más fuerza y aumentó los embistes, con precisión, gruñendo por lo bajo, masculino y vigorizante.

No tardé en sentir cómo la energía se acumulaba en mi centro, cómo los músculos se me contraían, cómo la respiración se me entrecortaba, cómo todo se me subía.

Me agarré de las sábanas, no obstante, escuché cómo bufaba y se salía, casi reclamando por tener que hacerlo.

—¿Qué…? —pregunté, pero no me dejó decir nada más, en cambio, volvió a girarme y me abrió bien las piernas.

—Necesito verte, necesito observar tus ojos, ver cuando tu piel se sonroja, cuando tus ojos se desenfocan, quiero verte bien —rugió como respuesta, con la mandíbula apretada y un semblante tan masculino que solo me hizo enrollar las piernas alrededor de su cadera, agarrarme a sus hombros y deslizar las manos por su espalda, de esa forma, perforar su piel, dejándole saber lo caliente que me ponía.

Nuestras miradas conectaron cuando me penetró una vez más, sin delicadezas, sin contemplaciones. Se me salió el aire y gemí, abriendo la boca, algo que aprovechó para besarme con necesidad, devorándome mientras sus acometidas eran más fuertes, más profundas, estimulándome por dentro y por fuera, tocando el clítoris con su pelvis.

Me comió con tal ansia, que la energía volvió a ascender, convirtiendo mi sangre en lava volcánica, llevándome de nuevo al precipicio, solo que esa vez sentí cómo se tensaba, como su espalda se ponía dura.

Su torso bajó y me tocó los pechos, los cuales oscilaban con el vaivén de sus embistes.

Gemí sobre su boca.

—Déjame salir, hermosa, me voy a correr —indicó, pero no le hice caso, no quería.

Me agarré con más fuerza a su espalda y lo dejé hundirse hasta lo más profundo, justo cuando nuestros cuerpos temblaron sobrecargados en esa energía erótica y sensual con la que nos tomamos. Sentí mi cuerpo agitarse al mismo ritmo que el suyo. Su pecho me aplastó un poco, piel con piel, su respiración chocaba con mi oreja y… Nos corrimos, juntos. Él me llenó con su polución.

—¡Así! —exclamé casi sin voz, emocionada por sentirlo dentro, corriéndose de esa forma tan salvaje, llenándome el vientre, calentándome hasta lo más hondo de cada célula que me conformaba.

Lo apresé desde el interior con el orgasmo más fogoso que había tenido en la vida. Hasta que todos los músculos se me relajaron.

Su rostro se movió y su boca buscó la mía, en un beso delicioso, el colofón de nuestro nirvana, de nuestro cielo, donde probé el sabor de la lujuria, donde esta me sobrecogió como una vieja amiga que me deseó con desesperación y desenfreno.

Me agarré con fuerza a él, con urgencia, sin querer despegarme de su piel, queriéndonos fusionar.

Bruno parecía estar en sintonía conmigo, porque me abrazó metiendo sus manos en mi espalda y acercando más nuestros cuerpos.

CAPÍTULO 14

ESTÁBAMOS ACOSTADOS UNO AL LADO DEL OTRO, sobre su cama, tratando de recuperar la respiración y… la cordura.

Después de que las hormonas se me estabilizaran y se me aplacara el deseo sexual, no pude evitar pensar que me metí con mi *hijastro*.

¡Dios, ¿en qué estaba pensando?!

¿Cómo si quiera me dejé llevar por el calor de su cuerpo, por sus ojos celestes, por esa necesidad abrumadora de ser tomada por un hombre, por alguien que me deseara?

Ya no era cuestión de estar vulnerable. Aquello era… una… ¡Ni siquiera supe qué era!

Me levanté cubriéndome con una almohada suya, avergonzada de mis actos, no porque me apenase estar desnuda. Sentí que el calor se me subía a las mejillas.

—Lo siento mucho, Bruno —me disculpé, sentada a su lado, sin poder verlo.

La vergüenza me carcomía.

«¡Tuve sexo con mi *HIJASTRO*!» —me recriminé, torturándome con esa idea.

Bruno se levantó de un solo brinco, sin importarle su desnudez.

—¿Qué dices? —cuestionó dolido, como si le hubiese pegado en los bajos, observándome anonadado.

Levanté la cabeza y enfoqué los ojos en los suyos. Esa simple mirada suavizó su tenso cuerpo y ladeó la cabeza, con cierto aire compasivo.

—Lo siento mucho, Bruno —repetí—. Esto que pasó. —Negué con la cabeza y los ojos me ardieron.

Me sentí como la peor bruja de todas. Si bien Bran me fue infiel, eso no justificaba que me hubiese acostado con su hijo, su pequeño niño al que le llevaba 13 años…

¡Dios, era una persona horrible!

Comencé a llorar sin pretenderlo, con un nudo en el estómago y una sensación extraña que me cubría el pecho.

Bruno se sentó a mi lado y me agarró, abrazándome con fuerza, llevando mi cabeza contra su pecho, en una acción casi paternal que me hizo llorar más fuerte, por aprovecharme de él, porque no tenía ni idea de lo que le hice, porque era muy joven para comprender todo, porque quizás había roto su relación más importante, la relación con sus padres…

—Lo siento, Bruno, de verdad. Debí detenerme cuando tuve oportunidad, no debí desnudarme frente a ti. Soy una tonta…

—Chist, tranquila, no pasa nada, no has hecho nada malo —indicó acariciándome la cabeza.

Hipé y sorbí la nariz. Me alejé de él y lo miré a los ojos.

—¡Eres tan bueno! —le acaricié el rostro—. Te mereces lo mejor del mundo, Bruno. Me has cuidado como nadie, has estado para mí cuando más necesitaba a un amigo y yo… Solo he confundido las cosas para los dos.

Alzó una ceja, interrogante.

Inspiré hondo.

—Si tu padre llega a saber de esto… —Se le frunció en entrecejo y su mirada se intensificó, como si aquello le molestara—. Es tu padre, Bruno, no importa si yo tengo algo o no con él. ¿Cómo crees que se tomará lo que acabamos de hacer? —pregunté para hacerlo entender, con los ojos abiertos y suplicantes, aunque no supe por qué suplicaba—. No le va a gustar que te haya engatusado para hacer esto. Lo verá como una afrenta de nuestra parte y yo…

—¿Acaso estás considerando volver con ese viejo infiel que no respeta? —cuestionó furioso. Las aletas de su nariz se ensanchaban con cada respiración, enojado con una idea equivocada, quizá con un poco de celos.

Sonreí con tristeza.

Puse las manos sobre su rostro y sus ojos se entornaron en una advertencia silenciosa.

—En absoluto. Si bien es mi marido, puedo tener otras parejas, no me importa lo que me diga, si me deja o lo que suceda. Lo nuestro está roto, eso quedó claro, tanto para ti, como para mí. No obstante, tú solo tienes un padre y una madre y… ¿Qué crees que dirán si saben que has estado conmigo? No saldrá nada bueno de eso, Bruno —indiqué con tono cariñoso, mientras recorría sus facciones juveniles y masculinas.

Me mordí el labio inferior al ver cómo se le destensaba la mandíbula, cómo su rostro se suavizaba ante el comentario, ante la preocupación que me acongojaba.

Se acercó, puso su frente contra la mía, inspiró hondo, cerrando los ojos.

Recorrí el resto del trayecto y besé sus labios, con delicadeza, como una despedida callada.

Era un casto beso en el que me recreé con su boca varonil, con su lengua diestra.

Jadeé y me separé.

Dejé la almohada en la cama y, sin pena alguna, me levanté y caminé hacia la puerta.

Volví la cara, quería verlo como un hombre por un momento más, antes de volver a ser el hijo de la persona con la que me casé, antes de que aquel espejismo se acabara, antes de que la cordura me consumiera.

Me embebí con su figura masculina, con su cuerpo formidable, con sus músculos trabajados, con su rostro delineado por su barba rubia, de ese tono un tanto oscuro que le perfilaba la barbilla, con su cabello alborotado y, sobre todo, me llené de esos ojos que me miraron con lascivia, que me recorrieron el cuerpo, que me hicieron ver cuánto me deseaban.

Cerré los ojos y salí de la habitación, conservando ese último recuerdo de lo que no podía ser.

* * *

Ese día no dormí en casa. Empaqué una pequeña maleta con lo indispensable y salí hacia un hotel. La tentación de volver a sus brazos era demasiado grande, además, quería poner distancia entre nosotros, tanto distancia real, como emocional.

Ambos estábamos afectados por la misma persona, lo que, sin dudar, nos unió. Quizá no lo hicimos por vengarnos, al menos de mi parte no fue así, y esperaba que la de él tampoco. No creí que fuese a hacer aquello, no después de todo lo que me procuró, no después de cuánto me cuidó y la manera en cómo me trató.

Pasé lejos de casa durante unos días.

Llamé a Bran para que nos viésemos cuando pudiese, ya que no sabía si tenía vuelos o estaba en descanso. Desconocí cualquier cosa de su persona.

Bran quiso hablar, explicarme, decir qué es lo que estaba ocurriendo y más. No lo dejé, no quería una explicación de su parte, lo que necesitaba era arreglar todo para que termináramos el matrimonio, ese pedazo de papel que aún nos unía.

Me sentí seca, fría. No estaba segura si eso solo tenía que ver con Bran, o si también tuvo que ver con Bruno.

A decir verdad, me hizo falta, me hizo falta verlo rondando a mi alrededor. Para qué negarlo, me gustaba su atención, no obstante, no solo era eso, no solo era esa chispa que me hacía sentir una mujer deseada y hermosa, no, era algo más, algo que me faltó desde el momento que me alejé de sus brazos que tanto me reconfortaron.

Quedé con Bran para el día siguiente, por lo visto, estaba en la ciudad, aunque no quise preguntar dónde.

Llegué a la cafetería en la que quedamos. En cuanto entré al local, lo vi. Iba vestido informal, parecía relajado, sin embargo, en cuanto alzó los ojos y se encontró con los míos, noté un brillo singular en sus pupilas, me pareció… afligido, algo que no estaba acostumbrada a ver, no en él.

Caminé con la cabeza en alto y me senté frente a él.

—Te ves hermosa, cariño —halagó, pero solo me hizo hacer una micro expresión donde se me movió un músculo cercano a la boca.

Carraspeó.

—Ayer llegué del último vuelo que tenía programado. Fui a casa y solo estaba Bruno… —mencionó rascándose el cuello.

—Sí, él está viviendo ahí, ya que ciertas personas lo sacaron de su casa —recalqué con displicencia, bajando la voz, con un tono que ni yo reconocí.

Tragó saliva con dificultad, nervioso.

Miró hacia todos lados, rehuyendo de mis ojos, rehuyendo de ese sentimiento de culpa. También sentí algo de culpa, porque, lo cierto es que fui infiel, falté a nuestros votos, y lo peor, lo hice con su joven hijo.

Resoplé y me relajé.

—Mira, Bran, no he venido a reclamarte, solo quiero que concretemos todo para hablar con un abogado y así iniciar el trámite para divorciarnos. Tú ya tienes a tu exmujer —bufé—, perdón, ahora ese es mi título.

—¡Qué dices, Paula! —exclamó apretando la mandíbula, siseando.

—No importa quién sea, no importa quiénes fueron. —Encogí los hombros—. Lo único que interesa es que nuestro matrimonio está roto y hay que terminarlo, punto.

Alzó las cejas.

—¿Y eso lo decidiste tú? —cuestionó con amargura, con sus ojos azules sobre mi rostro, mirándome molesto.

Chasqueé la lengua.

—No, lo decidiste tú con tus infidelidades, porque ni siquiera sé si la madre de tu hijo es la única. Lo decidiste cuando te olvidaste de mí, de mis sueños, cuando decidiste girar el rostro y ver a otras, en lugar de ver lo que tenías en casa —apunté sin exaltarme porque no quería llamar la atención sobre nosotros.

Resopló.

—¡Cómo si tú fueses una santa! Con la cantidad de doctores que ves en un día, las veces que estás sola… Sí, claro, échame la culpa, pero lo cierto es que dudo también de tu fidelidad, no cuando te ves de esa forma, no cuando tu coño chorrea ante el más mínimo toque, no cuando tienes los senos más excitantes que he visto y ese trasero de infarto…

Y… no dejé que me siguiera degradando de aquella manera. Sin importar lo demás, alcé una mano y le pegué una cachetada. Los dientes me castañearon de la emoción y la mano me ardió, la tenía caliente y me pulsaba. Apenas lo moví, pero al menos lo callé.

—No te atrevas a hablar de mí como si fuese solo una cosa —protesté furiosa—. Soy más que un cuerpo. Y te puedo asegurar que, en todo el tiempo antes de enterarme de tu infidelidad, nunca toqué a nadie, ni siquiera me interesaban otros hombres, incluso si pude haber seducido a una legión —bajé la voz más—. Nunca nadie me interesó, no como tú, al menos no hasta que me rompiste el corazón y me hiciste ver lo que significaba para ti. Ahora, como muestra de buena fe, te ofrezco un divorcio tranquilo, un divorcio sin altercados, pero, si insistes en degradarme para sentirte mejor…

Sus ojos se enfocaron en los míos y me miró con odio, enojado con la cachetada, con la manera en la que le estaba demostrando que no era lo que él pensaba, que no me sometería ante sus desplantes.

—Si te niegas al divorcio de manera civilizada, ten por seguro que pelearé por todo, te dejaré en la ruina, te expondré como lo que eres, como ese hombre que se aprovechó de mí, de mi fe, de mi confianza en ti. Puedo hacer lo que quiera, no me conoces enojada, Bran, no sabes qué estoy dispuesta a hacer, así que, solo déjame, porque no quieres saber qué puedo hacer si me lastiman —amenacé, llena de odio, detestando, por primera vez, a aquel hombre que tenía enfrente, el mismo que amé con rotundidad, el mismo que deseé durante años, al que le quería dar hijos, al que quería hacer feliz.

Negué con la cabeza, tomé mis cosas, me levanté y me di media vuelta para salir del local. No quería seguir viendo su mueca, esa forma hostil con la que me miraba.

La verdad, no quería saber nada de él.

CAPÍTULO 15

REGRESÉ A CASA DESPUÉS DE ESA DISCUSIÓN, no porque no pudiera seguir pagando el hotel, sino porque no tenía sentido seguir huyendo de Bruno, no creí que pudiera sentir lo mismo que aquel día.

Pese a la impresión inicial, al entrar en casa, las mariposas revolotearon en mi interior. La casa olía a él, a Bruno, a su sudor, a su esencia. Cerré los ojos y me dejé llevar por un rato, recordando lo que fue estar a su lado, no obstante, no podía hacer aquello, no podía seguir con él de esa manera, no era justo para nadie.

Lo vi en la sala, estaba mensajeando por el móvil, sus dedos se movían con destreza sobre la pantalla, con rapidez; algo le molestaba, fue evidente.

—Hola, Bruno —lo saludé, desde la puerta, adentrándome un poco.

Se sobresaltó al escucharme y se levantó, soltando el aparato en el sillón.

—¡Dios, Paula! Justo estaba hablando de ti… —mencionó observándome, atento a si tenía algo diferente.

Sonreí.

—¿Enserio? —pregunté risueña y, por alguna razón, me sentí bien sabiendo que alguien se preocupaba así por mí.

—Claro. El estúpido de Bran me llamó hará media hora y me hizo saber que se pelearon, que le pediste el divorcio y… Quería saber si estabas aquí. —Inhalé hondo—. Lo mandé a la mierda. —Sonrió como un chiquillo.

—Gracias, pero no debiste hacerlo, es tu padre —le recordé y me dejé caer sobre el sofá.

—Me da igual —refunfuñó, encogiéndose de hombros.

Lo miré con atención. Estaba guapo, cautivador, me ponía caliente con solo verlo, con recordar la noche que pasamos, el baile fogoso en el que frotamos nuestros cuerpos, la forma en la que se sumergió en mi intimidad y…

—Lo siento mucho, Bruno. Te he puesto en una tesitura complicada en la que ni un solo hijo debería estar, y por eso… —Cerré los ojos—. Por eso ya no deberíamos vernos nunca más.

—¡Qué…! Pero ¿qué dices, Paula? Lo nuestro no fue un error, ni tampoco fue algo que me obligases a hacer. Soy un adulto, por Dios, date cuenta —exclamó cansado.

Lo miré y sonreí con tristeza.

—Eres joven aún. Y sí, puede que ambos lo quisiéramos, pero tú no estás preparado para estar con alguien de mi edad…

—Claro que lo estoy —rezongó sentándose de mala manera.

—Muy bien, entonces, ¿qué dirías si a raíz de lo que hicimos estuviera embarazada? —pregunté para que entendiera la realidad, una donde yo era mayor, donde tenía necesidades diferentes que él, donde estábamos en diferentes etapas de la vida.

Palideció y me miró con los ojos bien abiertos y la boca desencajada.

—¿Estás…? —logró preguntar con la voz temblorosa.

Negué con la cabeza.

—No, aunque es muy pronto para saberlo. Lo cierto es que llevó tiempo sin tomar anticonceptivos, sin tener cuidado, porque quería embarazarme, lo he querido durante meses, aunque… Bueno, por cuestiones que no vale la pena decir, no se pudo, no obstante, soy una mujer fértil, y tener sexo sin condón fue un error, un error que yo tuve, porque tú al menos te quisiste salir y yo… —Negué—. De cualquier manera, esa es una posibilidad, una posibilidad que deseo para mi vida. He deseado ser madre desde joven.

—Entonces pondré un bebé en tu vientre —dijo como si tal cosa.

Sonreí con cariño.

—Claro que podrías, estoy segura de que la mecánica de tal acto no te es indiferente, no obstante, para tener un bebé no es suficiente saber cómo hacerlos, sino tener mucho más, desde solvencia económica, hasta estabilidad emocional y mucho más. No basta con querer tener sexo conmigo, Bruno. Mi mundo y el tuyo son muy diferentes —seguí al ver cómo trataba de renegar—. No solo hablo de la edad, hablo de mucho más. Mientras tú estás preocupado por tus notas, yo vivo de consultorio en consultorio, trabajando, siendo una mujer, no una chica, como lo que tú necesitas.

»Debes ver a chicas de tu edad, que sigan estudiando, que no quieran hijos porque aún es pronto, que te ayuden a alcanzar tus metas, que puedan ser tu apoyo.

—¿Acaso tú no podrías hacerlo? —preguntó con la ceja alzada.

Llené mis pulmones de aire.

—No se trata de querer, se trata de algo más. Las etapas de la vida hay que respetarlas por una buena razón. Además, entre nosotros —nos señalé—, no debería existir ese tipo de relaciones. Quiero que estés bien con tus padres, quiero que puedas ser feliz, y para eso, los dos nos tenemos que desembarazar de esa idea de estar con el otro. Sí, hay cierta atracción entre nosotros, pero está más que prohibido que entablemos algo más allá de una amistad.

Gruñó por lo bajo, mirando el suelo, con los músculos tensos.

—Debes comprender, lo que digo es por los dos, porque necesitamos cosas diferentes, porque todo está en nuestra contra, y no se puede nadar contra la corriente por mucho tiempo, no sin terminar ahogado.

Se encogió en su puesto y me dio ternura.

Inspiró profundo y alzó los ojos.

—Entonces, dame un mes, dame un mes para poder tocarte, para poder llenar mi memoria con tu cuerpo, Paula, para poder hacerte mía, para que tu aroma se impregne en mi piel, para que me lleve algo tuyo conmigo —propuso dejándose llevar por la emoción, queriendo algo que no podía ser, no obstante...

Me relamí los labios y cerré los ojos.

Quería estar a su lado, ¡vaya que lo quería! Deseaba volver a sus brazos, lo deseaba como a ningún otro hombre, pero, no sabía si... podía con ello.

¿Qué si me enamoraba? ¿Qué si él se enamoraba? ¿Qué si en un futuro no pudiéramos separarnos, si ya no pudiera despegarme de su lado, si ya no quisiera solo un mes?, ¿qué pasaría si todo nos explotara en la cara?

Me levanté y me senté a horcajadas sobre él. Me miró con sorpresa, pero sus manos de inmediato me cubrieron la cintura.

Moví las caderas con cadencia y gemí sobre su boca, sin tocarlo demasiado, más allá de sentir nuestros sexos por sobre la tela.

—Quisiera esto todos los días —reconocí con pesar, con el pulso acelerado, con la imperiosa necesidad de pertenecerle, con el sexo húmedo—. Pero lo cierto es que no deberíamos, no deberíamos provocarnos más. No deberíamos tener nada, no deberíamos jugar con fuego.

Me moví con más necesidad, sintiendo que me estorbaba la tela blanca del vaquero, así como la oscura del suyo.

Jadeó cuando pasé la entrepierna por su longitud.

—Está mal —susurré contra sus labios, con los ojos entrecerrados a causa del deseo que me hacía querer moverme con más vehemencia, que me pedía cubrir su boca con la mía, probar su miembro y llenarme de su sabor.

—Aun así, lo quiero todo, lo quiero intentar todo por ti —aseguró decidido, algo que me elevó la temperatura, algo que me hizo temblar, ante un orgasmo mental por esas palabras que tanto me subían el ego, que tanto me complacían en más de un sentido.

Le di un casto beso en los labios y bajé la mano hasta tocar su bulto por encima del pantalón.

—No sabes lo que dices, no sabes a lo que renunciarías.

—No me importa. —Me miró con intensidad—. No me importa mis padres, así como a ellos no les importo yo —dijo con enojo y le acaricié con más fuerza porque me dolió su reacción.

Le mordí el labio con delicadeza.

—Claro que te importan —dije mientras volvía a rozar su entrepierna con la mía—. Te importan más de lo que quieres reconocer y… No quiero que los pierdas por mi culpa, no podría con ello, Bruno.

Un gemido gutural se escapó de sus labios.

—No sabes cómo son ellos como padres —apuntó y una de sus manos se fue al dobladillo de la blusa de tirantes que llevaba puesta.

—Puede que no, pero sigues amándolos, eso es inevitable.

Me sacó la camisa y se quedó viendo mis senos resguardados por un sujetador de encaje blanco.

Tragó saliva con dificultad.

Llevé las manos a la espalda y, sin dejar de moverme, me quité el sujetador, mostrándole los senos, porque quería darle esa despedida, aunque para eso quedase destruida con su abandono, porque de ninguna manera permitiría que se alejara más de sus padres.

Sus ojos quedaron prendados con mis encantos, me recorrió los pechos con lascivia. Llevó una mano al derecho y lo estimuló con cuidado.

Gemí.

—No sabes cómo son —recalcó—. Nunca me han apoyado, solo piensan en ellos, son egoístas, unos irresponsables que ni siquiera recuerdan cuándo nací, incluso mamá creé que todavía tengo dieciocho, ni saben qué estudio, ni de qué quiero trabajar cuando salga de la universidad.

Me dolió escuchar aquello, porque supe que era verdad, aunque sus ojos no se llenaron de odio o tristeza, solo miraba mi cuerpo con deseo.

Me moví con más insistencia, solo quería que su tristeza se convirtiera en algo más.

—Lo siento mucho, siento no haber sido esa madre que tanto necesitabas cuando eras adolescente, y solo terminé separándote de tus padres —dije mientras le acariciaba el cabello.

Sus manos me apretaron los senos y alzó los ojos.

—No quiero de ti una madre, Paula, no soy un niño, tuve una madre, una que no debió serlo, pero la tuve, no obstante, ellos hicieron su vida. Solo quiero reclamar la mía, solo te quiero a ti —aseguró, acercándose y besándome el cuello—. No me gustas porque eras la esposa de Bran, o porque le quería hacer daño a través de ti. Esas ideas quedaron fuera de esa puerta, en el momento en que entré y vi la mujer increíble que eras. —Me succionó el cuello y gemí, no solo por su boca, sino por sus palabras—. Me gustas como ni una sola mujer lo ha hecho, me gustas demasiado, no tienes ni idea de cuánto me perturba observar tu rostro relajado mientras te toco.

Se alejó y me pellizcó el pezón. Cerré los ojos y sollocé, sin dejar de mover las caderas en círculos, disfrutando de la estimulación, sin ser tan agresiva, sin buscar el orgasmo, solo queriendo saciar nuestros cuerpos, buscando los mimos del otro.

—Me gustas por quién eres, por esa mujer que me perdonó incluso pese a haberle arruinado su boda, me gusta esa mujer que me mira con ardor, con timidez, que se detiene a pensar en mis sentimientos. No, en definitiva, no busco una madre en ti, Paula, lo que busco es a esa mujer fogosa que se derrite en mis brazos, que me comprende y me respeta, que quiere lo mejor para mí. Esa eres tú, hermosa.

Gemí. Tenía los ojos cerrados, la espalda arqueada y las manos sobre sus hombros, a los cuales me agarré.

Bruno no me estaba tocando, pero sus palabras eran una caricia muy erótica, que me reconfortaban y me hacían sentir menos sucia.

—Me gustas tanto, que tengo la necesidad de cumplir tus sueños, de darte lo que tanto anhelas. Si tú me dices, dejo la universidad y trabajo en cualquier cosa, si me dejas, te mantengo como pueda y te embarazo las veces que desees —aseguró con la voz ronca, con sus manos sobre el botón del vaquero, bajó la bragueta y metió los dedos para acariciarme con ellos.

El sexo se me estremeció.

—No digas esas cosas, Bruno —lo regañé.

—¿Por qué no quieres aceptarme? —cuestionó sin estar molesto, solo como una pregunta a considerar.

Nos giró en un movimiento rápido en el que dejó mi espalda contra el sillón, para luego bajar mi vaquero y braga.

Quedé desnuda bajo su peso.

—Dime, ¿por qué no quieres lo que te ofrezco? —insistió.

Jadeé cuando sus dedos exploraron mis pliegues y me penetró con dos de ellos, borrando todo lo demás.

—Porque no quiero que después me odies por ello —reconocí—. Porque no quiero que después me detestes por quitarte a tus padres, por obligarte a madurar cuando tienes mucho por vivir, por obligarte a quedarte conmigo, porque no quiero cambiar la trayectoria de tu vida, porque no está bien —grité excitada, dejándome llevar por los dedos que estaban rozando el punto indicado, y esa palma que frotó el manojo de nervios que me hizo arquear la espalda, que mandó mil rayos fulminantes a mi psique y me hizo soltar la verdad.

—No podría hacer tal cosa, Paula —indicó con añoranza.

Abrí los ojos y me aferré a su espalda, mientras me arrancaba los gemidos, mientras me llevaba al paraíso, donde nadie más importaba, donde solo estábamos los dos. Y... lo entendí.

No podía decidir por los dos, no podía dejarme llevar por lo que sentía sin considerarlo, sin ver que no solo era sobre mí, sin tener en cuenta que él era un ser humano pensante, que estaba al tanto de las consecuencias. Y... dejé de pensar cuando aumentó la presión.

—Te necesito, Bruno. Tómame —pedí, como la última vez.

—A la orden, preciosa —canturreó, guiñando un ojo, alzándose para desvestirse con prontitud y cumplir la fantasía de ambos.

CAPÍTULO 16

SE QUITÓ LA CAMISA POR ENCIMA DE LA CABEZA, pero en lugar de quedarme quieta y esperar a que me llenase de mimos, me hinqué en el suelo y lo atraje, con los ojos puestos en los suyos.

Sonrió con la mirada obnubilada, sabiendo lo que haría.

Me relamí los labios cuando le bajé los pantalones y la ropa interior.

—¿Cómo me quieres? —pregunté pestañeando, coqueta, queriendo subir su temperatura, procurarlo de la misma manera en la que él lo hacía.

Inspiró hondo, inflando su torso musculado, tallado por los mismos dioses.

Le tomé de la mano y lo senté en el sillón. Sus ojos no se apartaron de lo que estaba haciendo, ni un solo segundo. Me miró con ansias, con urgencia, pero no quería detenerme, quería ver qué iba a hacerle.

Sonreí ladina.

Le terminé de quitar la ropa, dejándolo desnudo. Abrí sus piernas y me ubiqué en medio de ellas.

—Dime, ¿cómo me quieres? —volví a preguntar porque se quedó sin voz—. ¿Quieres mis manos, mis pechos, o mi boca? —Alcé una ceja, pícara.

—Lo quiero todo —balbuceó con inquietud, con la voz ronca y varonil.

Asentí para que entendiera que le daría todo…

Me acerqué y tomé su erguido miembro, duro, largo y ancho, con la piel rosada en la punta, perlada por el líquido preseminal. Me mordí el labio inferior y lo miré con hambre.

Moví la mano despacio, con delicadeza. Jadeó por lo bajo, tan suave y vibrante, que me estremecí.

Subí la intensidad de a poco, para luego acercar la boca y lamer toda la longitud, todo el tronco, de abajo arriba, como una dulce paleta. Tembló, gimió y gruñó como un leoncito que estaba siendo domesticado, que estaba a mi merced.

Lo metí a mi boca y succioné con fruición, sollozando ante ese delicioso manjar que me estaba llevando al borde de la locura, con su grosor y forma. Lo saqué e hizo un sonido sordo exquisito. Sonreí con malicia y lo miré. Tenía los ojos cerrados y la cabeza le descansaba en el sofá, con su boca entreabierta en una clara señal de cuánto lo estaba disfrutando.

Saqué la lengua y lamí su vena prominente. El cuerpo le tembló por completo y gruñó con gusto.

Mordí mi labio y me acerqué más a sus piernas. Abrió los ojos al sentirse abandonado, cuando notó lo que estaba por hacer.

Alcé uno de mis pechos y cómo pude, me lo metí a la boca, solo un poco, ya que tampoco los tenía tan grandes. Lamí la areola y sus ojos se nublaron, sus pupilas se dilataron y se perdió en esas caricias que me estaba dando.

Me pellizqué los pezones y luego dejé salir un hilo de saliva para humectarme el canalillo.

Sonreí astuta.

Me agarré los senos, los junté y restregué la saliva.

—¡Dios! —exclamó con fulgor.

Moví las caderas y sentí cómo la humedad descendía por los muslos. ¡Estaba tan excitada!

Abrí más sus piernas y me ubiqué de tal manera que los pechos quedaron a centímetros de su duro mástil que vibró ante esa visión erótica, sabiendo lo que haría a continuación.

Con una sola mirada, lo instruí para que metiera su miembro entre mis senos, cosa que hizo con prontitud, sin perder de vista lo que estaba sucediendo, enajenado.

Jadeé cuando se encajó en medio de mis senos apretados, los cuales presioné con más fuerza, utilizando las manos, dejándolo en medio, tan apretado, que su clamor reverberó en mi centro de deseo.

Comencé a moverme despacio, dejando que disfrutara de la sensación de mis senos voluptuosos y suaves que lo masturbaban con apremio.

Subí el nivel y bajé la boca, abriéndola y sacando la lengua para rozar su punta, esa punta sonrojada que sabía a él: salado y delicioso.

Bruno jadeaba y se movía acoplándose al ritmo que marqué, elevando sus caderas con exigencia, cerrando sus ojos y agarrándose a la tela del sillón. Sus músculos tensos, marcados, su cuerpo masculino y grande, que tan bien se veía desde donde me encontraba, hincada y sumisa al placer que quería causarle.

—¡Paula, cabálgame, no quiero acabar sobre tus preciosos senos! —exclamó con la voz enronquecida.

Sonreí y me retiré, aunque no pensé hacerle caso, no. En su lugar, me lo metí a la boca y succioné con fuerza, hasta metérmelo en lo más profundo de la garganta, dejando que sintiera mi boca caliente y dulce, que tanto placer quería regalarle, que deseaba darle el mejor de los orgasmos, aunque eso implicaba tener que retardar mi placer. Porque sí, tenía tantas ganas de hacer lo que me pidió, que me escurría la vagina, me palpitaba, tenía los senos sensibles y turgentes, pero no iba a hacer las cosas rápidas, no. Bruno se merecía algo mejor.

Lo lamí con deseo, desesperada, chupé sus testículos y hallé ese punto entre estos, esa vena que pulsaba y la calenté más con la lengua.

Bramó una y otra vez, sus caderas se movían y sus músculos estaban tensos, demostrando que estaba por llegar.

Sin más, lo volví a meter a mi boca y succioné con más ahínco, hasta que su cuerpo se tensó, hasta que una capa de rubor lo cubrió y se sonrojó desde el pecho y… Se vino en mi boca. Su corrida fue violenta, tuve que tragar rápido para no ahogarme, pero no lo dejé salir.

Sus manos me agarraron la cabeza, su cadera se alzó y gruñó como el hombre que era.

Recibí su polución con hambre y me tragué todo, como la buena chica que era.

Se dejó caer sobre el sillón, con el cuerpo débil, con los músculos laxos y una sonrisa satisfecha en la boca.

Le lamí la punta para recolectar los restos y se estremeció.

Me lo saqué cuando su erección cedió.

Sonreí con confianza, con seguridad. Sus ojos se abrieron y me miró.

—Es mi turno, preciosa —apuntó y me ayudó a subirme al sillón, sobre él, a horcajadas.

Me agarró del trasero con fuerza, amasándome, para luego azotarme.

—¡Qué boquita tienes! —profirió engatusado.

Sonreí maliciosa.

—Es que no podía hacer menos, con lo delicioso que eres —dije tocando sus pectorales.

Bajé la cabeza y lo besé y mordisqueé, desde el cuello, lamí su nuez de Adán y los músculos de su garganta, así como sus pectorales, mientras él me abría el trasero y me pegaba pequeños azotes que me incitaban a gimotear contra su torso.

Se mordió el labio inferior cuando lamí su pezón, y me pegó en el trasero, haciendo que me calentara más.

Me erguí y lo besé en la boca, con necesidad, con furia, dejando que me saboreara, que sintiera parte de su esencia en mis labios, que me explorara y estimulara cada terminación nerviosa de mi cuerpo con esa sencilla caricia en la que era muy diestro.

Pegué los pechos contra su torso musculado y me retorcí contra este, espoleando mis pezones, mientras sus manos se inmiscuían en mi interior, mientras dos de sus dedos sondeaban mis pliegues, advirtiendo lo mojada que me encontraba.

Gemí sobre sus labios cuando su dedo me rozó el clítoris.

—¡Eres increíble! —susurró contra mi boca, mientras me acariciaba con cuido ese manojo de nervios que estaba tan preparado para recibirlo.

Se me entreabrieron los labios y respiré superficial, embebiéndome de su aroma, de él.

Me frotó con más energía. El corazón me palpitaba con fuerza, la piel la tenía caliente y rosada, mis labios tocaban los suyos, muy por encima, mis pechos chocaban con sus pectorales con cada respiración, mientras mi interior se constreñía ante lo que presagiaba ser un orgasmo devastador.

—Te necesito dentro —murmuré con ansias, desmadejándome sobre él, metiendo las uñas en su delicada piel cálida.

Miré sus ojos, lo tenía tan cerca y, aun así, pude distinguir ese celeste tan etéreo que me arrastró, junto con sus dedos, al nirvana, donde me tembló el cuerpo, donde me pegué con necesidad a su torso, donde me hizo vibrar en mil frecuencias, donde perdí el aliento, donde me pulsó el sexo y todo se oscureció cuando los ojos se me cerraron y gemí una vez tras otra.

CAPÍTULO 17

ME DEJÉ CAER SOBRE SU CUERPO, abrazándolo cuando el orgasmo fue bajándome de la nube, como una hoja que era llevada al suelo por el viento, suave, delicado.

Sus manos volvieron a mi trasero y me sentó de tal manera que sentí su erección presionando contra mi abertura, aunque no se metió, supe que me estaba dando tiempo.

Respiré el aroma de su cuello, ya que me quedé ahí, abrazada a él, dejando que las palpitaciones se me calmaran un poco, que los estremecimientos de mi sexo disminuyeran, que mi temperatura bajara, y así poder soportar lo que se vendría. Estaba tomando fuerzas para montarlo.

Una de sus manos se posó en mi quijada y me elevó el rostro, para así besarme, con delicadeza y atención, lamiendo el contorno de mis labios, metiendo su lengua y mimándome de aquella manera tan afrodisiaca y encantadora.

Abrí los ojos cuando me mordió el labio inferior y nos alejamos.

—¿Lista? —preguntó, metiendo su mano entre nuestros cuerpos, guiando su firme miembro hacia mi interior.

Asentí y me relamí, deseando que me embistiera, que me llenara.

Me agarré a sus hombros y subí las caderas para darle espacio. Su punta se introdujo y gemí. El aire se me salió de los pulmones.

Bajé las caderas y lo presioné desde el interior.

—¡Dios, Paula, estás tan apretada y caliente! —exclamó con la mandíbula prensada.

Meneé la cadera en círculos y me estimulé el clítoris de aquella manera, no obstante, volví a subir y bajar, con cadencia, disfrutando de su entrega, de la forma en la que me estaba ayudando a moverme con sus manos en mi trasero, mientras me magreaba con placer, incitándome a más.

Ceñí mi labio entre los dientes y me balanceé con más ansias, arriba y abajo, en círculos. Sus ojos conectaron con los míos, ese celeste se fundió con el gris de mis iris, revolucionando mi sistema.

Incrementé el ritmo, moviendo la cadera con más ahínco, con más fuerza. Elevé el pecho, arqueando la espalda, llevando una mano a su nuca y la otra al sillón, así no caerme y, al mismo tiempo, exponer mis pechos a sus labios golosos que, sin pensarlo, se dejaron caer sobre esas perlas corales, succionándome los pechos, mordisqueando los pezones, elevando nuestro deseo.

Me agité como toda una mujer deseosa de más, me moví con desenfreno, con la respiración superflua, con la sangre tan caliente como la lava volcánica, gimiendo, sollozando, lloriqueando cuando sus dientes me martirizaban para luego sosegarme con esa lengua diestra que tan bien sabía manejar.

Sentí cómo el pulso se me alteraba, cómo me cerraba entorno a su longitud, cómo lo apresaba. Escuché sus gruñidos, que reverberaban contra mi carne, en un acto impúdico, erótico, prohibido, que nos estaba enalteciendo hasta el cielo más sublime.

Grité su nombre cuando el fuego que tenía dentro se esparció por las extremidades, cuando el núcleo se me incendió, cuando no pude más y lo enterré hasta lo más hondo de mi ser, cuando sentí cómo se tensaba, cuando sus dientes apresaron mi pecho y me hicieron gemir con más calor.

Agité la cadera en círculos, sin poder controlarme, exprimiéndolo desde adentro, sintiéndolo temblar.

Gemí y él gruñó, llegando al nirvana, al éxtasis más puro, donde temblamos al mismo tiempo, donde me llenó con su esencia, con esa esencia caliente, espesa y dulce que me hizo abrir la boca y quedarme sin voz y sin aire.

Lo abracé con necesidad, con fuerza. Él hizo lo mismo, me tomó y juntó nuestro cuerpo, respirando en mi cuello, bramando sobre mi yugular, enloqueciéndome más y más.

Nos quedamos de esa manera hasta que nuestros latidos se sosegaron, hasta que nuestras respiraciones se normalizaron, aunque no nos movimos, nos quedamos abrazados, respirando el aroma que despedía la piel del otro.

—No me dejes, Paula, por favor —pidió besando mi cuello, un beso casto que me estremeció, no por su intensidad, sino por su significado.

Lo abracé y lo acuné.

—Tus padres… Con todo, siguen siendo tus padres —mencioné, aunque no quise ser insensible, no se merecía que lo alejase, no obstante, quizás era lo más adecuado, no solo por nuestra edad.

Se alejó y me miró, sin permitir que me moviese de su regazo, sin salirse de mi interior, al contrario, bajó mi cadera para que se metiese hasta lo más profundo, estirándome unos centímetros más.

Jadeé.

—Pienso que nunca entendiste mi relación con ellos —dijo y me acarició el rostro—. Sé que quieres creer que aún existe algo que rescatar con mis padres, pero no es así —negó y se me cerró el estómago.

No aparté la mirada, aunque lo acaricié, le mimé con las manos, rozando su mandíbula con delicadeza. Cerró los ojos y presionó su rostro contra la palma.

Abrió los párpados y noté su tristeza.

—Sabes, papá solo me habla para saber de ti, para que le mantuviera su sucio secreto, ni siquiera porque quería saber si estabas bien. Lo siento, pero solo preguntaba para verse bien, para mantenerte a su lado, porque no soporta la idea de dejarte ir, porque, quisiese o no, le das cierto estatus, con tu juventud y belleza, porque él es así de malo, de manipulador. Ni una sola vez me preguntó cómo me encontraba, ni me dijo que quería hablar conmigo para aclarar las cosas, para disculparse por todos esos años de abandono. —Negó con la cabeza y, aunque su voz no sonó triste, ni noté amargura en su rostro, supe que eso no debía ser bueno para nadie.

Lo miré con congoja, con dolor, porque me sentí mal por él, por todo lo que pasó al entender la poca importancia que le daba su padre.

—Lo siento tanto, Bruno.

—No es tu culpa, Paula, así como no es tu responsabilidad que me gustes, que te desee, que necesite escucharte, olerte, sentirte. De verdad me encanta estar así —me tocó el trasero con decisión y sonreí porque esa pequeña mueca de felicidad que percibí en sus facciones me hizo sentir menos culpable.

»Eres la única persona que se interesa en mí, que verdaderamente se ha preocupado por mi bienestar, por la relación con esas personas que me trajeron al mundo.

Suspiré con angustia.

—Sabes, mamá no me ha hablado desde que me fui de casa, ni siquiera un solo mensaje, ni siquiera ha querido saber de mí por medio de Bran, no.

No les importó, para ellos hicieron lo requerido por mí a su tiempo, y ahora que ya soy un adulto me han dejado, sin más. No les interesa dónde estoy, con quién, cuánto tiempo me quede. No les afecta si estoy bien o no…

Tragué saliva con dificultad y lo miré con cariño, queriendo abrazarlo, arrullarlo y decirle que yo sí estaba interesada en él.

Recordé esas veces que nos quedamos hablando en el sofá, esas sesiones de películas donde me mostró sus extraños gustos. O esas charlas profundas donde me confesó sus sueños, lo que quería en la vida, lo que anhelaba para su futuro.

—No te digo esto para que me tengas lástima, en absoluto —dijo con seguridad. Ladeé la cabeza y suspiré—. Lo digo para que entiendas que ellos siguieron con sus vidas. Sí, seguro, si se enteran de que estamos juntos, se enojarán, pero no por mí, sino porque les molestará el hecho de que tú y yo tengamos algo, porque se creen con el derecho de prohibirnos con quién estar. Seguro que se sentirán molestos porque tú serás mía, porque antes estuviste con él, aunque no me interesa eso, no me incumbe con quién has estado antes de conocerme, incluso si uno de esos hombres contribuyó para que viniese al mundo. No me importa nada de eso, ni nada que venga de ellos. Lo digo muy en serio, ellos no son nadie para mí, así como yo no soy nadie para ellos.

Se me abrió la boca ante tal declaración, quise decir algo, porque lo cierto es que me dolía, me perforaba el alma saber cómo se relacionaban ellos, porque no podría tratar a mi familia de aquella manera, porque siempre cuidaría a esos hijos que ni siquiera tenía y ya amaba.

No comprendí su relación, pero me quedó claro que no podía forzarlo a tener ese acercamiento que soñaba que tenían. No podía imaginar cómo eran sus días como familia, ni la manera en que una madre dejaba a la deriva a un joven solo para complacer a su exmarido, al mismo tiempo que contribuía a que ese hombre fuera infiel, sin importarle nada, incluso sin importar que ella me llamó zorra, pese a que nunca estuve con Bran cuando estaba casado, ya que lo conocí muchos años después de su divorcio.

No, no me cabía en la cabeza aquello, lo que sí comprendí, es que existía una conexión fuerte entre Bruno y yo. No supe a qué se debía, ni qué forma tenía, y estaba muy consciente de las implicaciones que podía tener al entablar una relación con él. No obstante, ¿cómo podía prohibirle algo?, ¿cómo podía decidir por ambos? No tenía sentido querer pasarme por el lado pensante de la relación, cuando también quería estar cerca de él, cuando también quería seguir escuchando sus pullas, cuando deseaba oír su voz, conocer sus sueños, ayudar a cumplirlos.

Si bien no entendí qué era aquella emoción que me embargó, aquella ternura, aquella necesidad de estar a su lado, no me sentí en la capacidad, moral, física y sentimental de negarnos la oportunidad de estar juntos.

Tomé aire y el cerebro me funcionó a máxima velocidad, a toda marcha, procesando todo lo dicho, lo ocurrido.

—Bien —dije al fin, con firmeza.

—¿Bien? —preguntó alzando la ceja, ladeando la cabeza y con una media sonrisa en los labios, divertido por mi respuesta que no guardaba relación con lo que estaba diciendo.

—También quiero algo contigo, y si estás al tanto de las consecuencias de ello, si estás consciente de todo lo que implica que una mujer que te lleva 13 años esté contigo… —Asentí—. Lo acepto. Acepto que también deseo estar a tu lado, no sé bajo qué nombre, si solo es algo físico o qué. —Puse un dedo sobre su boca cuando trató de hablar y sus ojos me observaron con sorpresa, con un brillo especial que irradió desde su interior—. No sé si de aquí a un mes esto se acabará, o si duraremos por la eternidad. No sé qué pasará con tus padres, no sé si estaremos remando contra marea y terminaremos ahogados. No sé nada, la verdad.

Sus cejas se alzaron, con cierta sorna por mi discurso extraño.

—Lo que sí sé, es que me importas, me importa todo de ti, y no puedo negar que te deseo, pero también, como una adulta preocupada que soy, tengo ciertas reglas que imponer, porque de ninguna manera te quiero preocupar —apunté con decisión, moviéndome sobre él, dejando que su miembro saliese.

Sonrió con energía, complacido.

—Primero que nada, te inscribirás en la universidad y seguirás estudiando. No te preocupes, haré lo posible para que sigas estudiando, incluso puedo hacer que el flojo de Bran te pague la matrícula y demás.

—Pero…

—Nada de «peros», es su maldita responsabilidad, no me importa que tu madre no lo hiciera pagar, no me interesa tus objeciones, las responsabilidades las debe asumir. Y, si se niega, descuida, que se lo sacaré en el divorcio. —Sonrió al verme tan decidida—. Mientras estudies, te podrás quedar en la universidad, nada de jugar a la casita conmigo, que no soy ni tu madre, ni tu amante. Vamos a ir despacio y hacer borrón y cuenta nueva. Me gusta tenerte aquí —me adelanté al ver cómo se le endurecía el rictus, pero no estaba a discusión nada de aquello—. Nos trataremos como a una pareja normal, no vamos a acelerar nada solo porque sí, así no funcionan las cosas.

»De la misma manera, tomaremos las precauciones necesarias para evitar un embarazo no deseado…

—No, eso sí que no. Tú anhelas un bebé y deseo dártelo, no quiero que te quedes con la ilusión de ser madre. —Negó con rotundidad, interrumpiéndome.

Me reí con gusto ante esa idea tan infantil.

—No seas tonto, Bruno. Tú no puedes decir eso, eres joven para hijos, no solo porque no tienes cómo mantener uno, sino porque no tienes la suficiente madurez para ello. No sabes cómo es cuidar de un ser indefenso, y mucho menos lo que es asumir la paternidad de una relación que va comenzando. No es optativo lo que estoy diciendo, o lo aceptas o se acaba —aclaré con brío.

Su boca se aplanó en una fina línea.

—¿Y qué pasa con lo que deseas?, ¿acaso no quieres ser madre? —cuestionó molesto.

Sonreí divertida.

—Pasa que todavía me queda tiempo, y no pretendo embarazarme del primer hombre que se me cruza por el camino.

—¡No soy cualquiera! —exclamó ofendido, agarrándome el trasero con fuerza, dejándome ver lo masculino y fuerte que era.

—No, no lo eres —ronroneé—. Sin embargo, eso no significa que deba parir tus hijos cuando solo tenemos un tiempo breve conociéndonos, además, estás joven, ya llegará el tiempo si aún estamos juntos.

—Lo estaremos —afirmó con entusiasmo.

—Pues bien, si tan seguro estás, no hay de qué preocuparse, no hay razón para alborotarse antes de tiempo, ni mucho menos apresurar las cosas —indiqué sin amilanarme, no estaba dispuesta a ceder en lo que le estaba diciendo.

Gruñó por lo bajo, no muy convencido.

—Y si aceptas todo eso… —Puse las manos sobre su mandíbula delineada por esa barba rubia, hermosa, que tan bien le sentaba, haciéndolo ver masculino, fuerte y exquisito.

—Si acepto todo eso, ¿serás mía? —preguntó con la mirada perdida, volviendo a ponerse cachondo.

Sonreí y le guiñé el ojo, antes de lanzarme a sus labios y besarlos con necesidad, rezagando los problemas para cuando fuese oportuno, para cuando realmente existieran. En ese momento lo único que quería era sus labios en los míos, y su miembro en el interior, llenándome, llevándome al nirvana.

En ese instante lo único que nos importó fue colmar de caricias el cuerpo del otro, obviando lo demás.

Si lo único que teníamos era el presente, lo disfrutaría como nunca, y lo demás, se lo dejaría a la Paula del futuro, ya que era lo suficiente fuerte y madura para afrontar todo, para guiarlo a él por un camino llenó de cariño y mimos, porque se lo merecía, porque se lo quería dar y porque así eran las cosas.

Nos fundimos en el beso, donde nuestros cuerpos se volvieron a calentar y la pasión nos llevó a su cuarto, donde tuvimos sexo del más candente, del más ardiente, del más excitante, donde me llevó al cielo de una y mil formas y yo lo tomé con placer, haciendo que su respiración se alterase y sus músculos se tensasen.

* F I N *

EPÍLOGO

TIEMPO DESPUÉS...

PUSE UN POCO DE LOCIÓN CORPORAL EN MIS MANOS y la esparcí por mi cuerpo desnudo, poniendo demasiado cuidado en mis curvas, a fin de humectar y aromatizar mi piel.

El olor a manzanas y canela inundó la habitación y sonreí.

Desnuda, me acerqué al guardarropa, abrí el cajón de la lencería y me mordí el labio al ver aquel modelito que preparé para la ocasión.

Sería toda una sorpresa, una sorpresa de lo más excitante que seguro causaría el efecto que tanto esperaba.

Agarré todas las prendas y las llevé hacia la cama, donde las coloqué en orden.

Tomé el corsé, abrí los cierres, lo pasé alrededor de mi cintura y luego lo cerré, broche a broche, observando el efecto que estaba creando en mi cuerpo; cómo la cintura se me reducía, cómo los pechos se me redondeaban más, cómo todo el cuerpo se me modificaba. Ese simple pensamiento mandó un delicioso escalofrío por mi cuerpo, desde la cabeza hasta la punta de los pies, como un cosquilleo excitante que me hizo palpitar el sexo de deseo.

Sí, me estaba excitando con solo verme.

Todo el día pasé ansiosa, esperando terminar el trabajo, ir a casa y darme un buen baño, quitar los rastros de suciedad de la piel, y luego prepararme para la larga noche que me esperaba.

Encorsetada, con los senos alzados, la cintura estrecha hasta que me costaba meter aire y eso hacía que los pechos se me vieran más llenos, seguí con la siguiente prenda: una tanga minúscula que se metía en medio de los cachetes traseros y apenas cubría por delante. Era del mismo material del corsé, una especie de cuero café oscuro que era un poco rígido a fin de no perder la forma y moldear el cuerpo.

El corsé, a diferencia de la tanga, era más rígido, con broches delanteros y atrás las tiras para ajustar, las mismas que ajusté previamente, para no perder el tiempo con ello, aunque eso implicase que me costase más cerrar los broches metálicos. Al final del corsé, una cadena dorada decoraba mi cintura, una cadena agarrada de los costados que caía por debajo de la prenda, haciéndolo elegante y dándole un toque más delicado.

La tanga se prendía de los costados con cadenas similares a la del corsé, ajustándose al cuerpo. En mi caso, sobraba parte de las cadenas, las cuales caían por mis piernas, haciendo la situación más morbosa, puesto que tenía también otra función…

Por último, tomé la pequeña blusa estilo campesino, que más parecía la camisa de un recién nacido. Era una blusa blanca, con el escote en forma de barco, y unas mangas ridículas que solo medio se afianzaban a mis brazos. Era blanco, y casi se transparentaba todo. Era tan pequeño que no me cubría del todo, si lo jalaba hacia el borde de mis senos, se me salían los pezones, y si lo llevaba hasta arriba, me dejaba afuera lo demás. Lo puse en medio, lo justo para cubrir parte de las areolas y camuflar el bajo con el corsé.

Vestida, caminé hacia al tocador. Vi mi reflejo y me mordí el labio inferior, sintiendo de nuevo las ansias de ser tomada por *mi* hombre. El interior no solo me cosquilleó, me clamó por ser llenada, por llegar al orgasmo.

Las ganas de tocarme eran fuertes. Llevé las manos a los pechos y los estrujé. Gemí por lo bajo y me estimulé los pezones sobre la tela.

Jadeé.

Me solté los senos al sentir cómo la humedad mojaba la braga.

Terminé de arreglarme. Me peiné el cabello en ligeras ondas que resaltaron mi rostro. Mi cabello cobrizo, tan hermoso como siempre, tan dócil, se dejó hacer hasta que le di la forma adecuada. Lo tenía más largo que antes y de alguna forma, las idas a la playa me lo aclararon un tono, así que ya no era tan cobrizo, era más rojo, casi tan rojo como cuando fui niña.

Me maquillé, un maquillaje sencillo en el que busqué resaltar mis ojos grises y la boca con un rojo carmesí.

Preparada, sabiendo que dentro de poco llegaría *mi* hombre, me paré y fui por las botas de caña alta que compré para completar el atuendo. Me agaché y me puse primero una, cerrándola por el lateral. Las botas me llegaban hasta arriba de la rodilla y se pegaban a mis piernas como una segunda piel. Me calcé la otra y me erguí.

Las botas eran negras, altas, de tacón fino, y… No quería quitármelas nunca… Me hacían sentir sexy, poderosa.

Inspiré hondo.

El corazón me martilló dentro del pecho. Todo el centro me hormigueaba a causa del deseo. Tenía todo el día en tal estado, y tampoco hice nada para calmarlo, no quería arruinar la noche, quería estar ansiosa, quería tirarme a sus brazos y cabalgarlo hasta quedar agotada.

Salí de la habitación, bajé por las escaleras hasta llegar a la primera planta, deteniéndome en el recibidor.

Admiré la nueva decoración de la casa.

Me gustaba el cambio que le hice y los nuevos muebles.

Sin embargo, no tenía tiempo para ello, ni tampoco mente para pensar en todo lo que pasó en esos años, luego de aceptar estar en una relación, en una relación que cualquiera podía censurar, que nadie podía mirar con buenos ojos si se enteraban cómo inició todo.

Me acomodé sobre la pared, arqueando la espalda para elevar más el busto, sabiendo que era una de las partes de mi cuerpo que más lo ponían a tono.

Descansé la espalda alta en la pared y el trasero, en una pose sensual, en la que subí la pierna apoyando el tacón alto de la bota.

Escuché el motor de la moto estacionándose en la entrada y el calor me cubrió el cuerpo, un calor incitante que me irguió los pezones y me hizo estar más receptiva, atenta a lo que pasaría.

El sonido de la llave introduciéndose en la cerradura y el pomo girándose me hizo morderme los labios. Me recordó mucho a la vez en la que todo comenzó.

Bruno entró a la casa y sus ojos repararon en mi cuerpo, en la forma en la que estaba vestida, en la forma en la que me estaba insinuando.

—¡Dios! —exclamó.

Puse los ojos sobre él y sonreí pícara. Me erguí y caminé hasta ese viril hombre que se volvió más guapo con la edad.

Caminé como una pantera, agitando las caderas, sin despegar los ojos de su cuerpo, cubierto por la chaqueta de cuero y debajo, una camisa blanca de botones y una corbata. Estaba de lo más masculino de aquella manera.

Me relamí los labios cuando estuve a solo unos centímetros de su cuerpo. Ambos teníamos la respiración agitada, nuestros pechos se alzaban con brusquedad y sus ojos repararon en el escote que creaba esa pequeña camisa de campesina que dejaba entrever el color de las areolas corales.

—¿Te has puesto creativa? —preguntó con la ceja alzada, admirando el atuendo que me hacía parecer una pirata sensual.

Sonreí con malicia y puse las manos sobre su torso duro y trabajado, el mismo en que me gustaba dormir desde que su mudó a la casa después de acabar la universidad.

Le agarré de la corbata, con cuidado y se la desanudé sin dejar de observar sus ojos, los mismos que se quedaron prendados de los míos. Tenía las pupilas dilatadas por la lujuria, sus preciosos iris se volvieron una aureola que decoraba sus ojos de esa manera tan sensual que hizo que el corazón me palpitara con fuerza y la tanga se me humedeciera.

Con ambas manos, acaricié sus pectorales y deposité un beso sobre estos, dejando parte del labial en la prenda, algo que le cortó la respiración.

—Creo que mi novia se enojará si ve las marcas de tu carmín —bromeó chulesco.

Lo miré en medio de las pestañas.

—Entonces, mejor te marcaré la piel. —Le guiñé el ojo, coqueta.

—¿Y sí mejor la señorita me deja empotrarla contra la pared? —inquirió con la voz rasposa y los ojos obnubilados, sintiendo lo que mis manos sobre su torso le estaban provocando, lo pude notar en el bulto que se le formó en el pantalón.

Sonreí y quité algunos botones de la camisa, exponiendo su piel blanca con algunos vellos rubios y delgados.

Sin apartar los ojos de los suyos, me incliné y le besé el cuello. Su cuerpo vibró en un bramido masculino que me estremeció por dentro.

Pasé la lengua por su pecho hasta llegar a su barbilla. Sus manos me agarraron de la cintura con violencia y me acercó a él.

—No, nena, esta vez yo soy quien te va a tocar —dijo controlándome, con la voz más ronca y sacando a ese dominante que tanto me gustaba ver.

Gemí sorprendida por la forma tan brusca con la que me estaba tratando.

Llevó mi cuerpo hacia la pared y me encajó contra esta, acorralándome con su cuerpo grande que me hacía sentir pequeña pese a los tacones altos que llevaba.

Lo miré desde abajo y coqueteé agitando las pestañas y relamiéndome los labios.

Su cuerpo estaba tenso por el deseo y sentí su dureza en el vientre.

—¿Sabes lo sensual que estás hoy? —preguntó con la mandíbula apretada.

Negué, traviesa y restregué los senos contra su torso, arqueando la espalda, dejando que su piel sintiera mis pezones erguidos.

Cerró los ojos y gruñó por lo bajo.

—¡Dios, eres tan ardiente! —murmuró, para luego dejarse llevar por el deseo y besarme de sorpresa, con violencia, con necesidad, con tanta hambre, que nos comenzamos a restregar el uno contra el otro, enfebrecidos.

Sus manos me tocaban por doquier. Alcé una pierna y aproveché su muslo para mover las caderas sobre este y masturbarme.

Lo quería, lo necesitaba, y sus labios fogosos me estaban enloqueciendo, en especial cuando su lengua entró a juego y todo se eclipsó.

Mis manos sobre su nuca, sobre su espalda, apretándome con más fuerza a su cuerpo.

Nos separamos cuando nos faltó el aire, aunque no dejé de agitar la cadera contra su muslo, y él llevó su rodilla a la pared para sostenerme y de paso, para que su entrepierna tocara mi muslo y de esa forma acariciarnos sobre la ropa.

—¡Tómame! —le pedí con premura, casi sin poder respirar, con la boca hinchada y los ojos sobre los suyos.

Gruñó.

Se posicionó entre mis piernas, me tomó el trasero y como si no pesase nada, me alzó, haciendo que me agarrase de su nuca y que enrollase las piernas alrededor de su cintura.

Lo besé cuando nuestros rostros estuvieron a la misma altura, le arañé la espalda y me moví sobre su cuerpo.

Me detuvo contra la pared y aprovechó para darme un azote en el trasero.

Gemí de gusto, porque me gustaba cuando me tocaba con tanto deseo que se olvidaba de todo lo demás.

Me cargó hasta la sala, desenrollé las piernas sin dejar de flexionarlas para que se sentara en el sillón.

A horcajadas, seguí besándolo. Pasé las manos al frente, le terminé de desabotonar la camisa y le quité la chaqueta, al mismo tiempo que le quitaba la camisa.

Le besé la mandíbula y luego el cuello, mientras sus manos me acariciaban el trasero, amasando mi carne con deleite.

No obstante, en un movimiento lento, se desplazó por mi cuerpo, recorriendo mi cintura encorsetada y luego los costados, hasta llegar a la pequeña camisa campesina.

Me alejó con cuidado y sus ojos ardientes se posaron en mi rostro.

—Déjame —ordenó y su voz retumbó en mi cuerpo, de esa forma masculina y autoritaria que tenía al momento de tener sexo conmigo.

Moví las caderas en círculo y asentí al ver sus ojos oscurecerse. Sus manos subieron por la espalda y jaló la pequeña camisa hacia arriba, quitándomela del todo.

Su mirada reparó en mis pechos erguidos e inflados, todo gracias al corsé. Se humectó los labios sacando su lengua en un movimiento de lo más excitante.

Gemí y moví la cadera hasta que sentí su sexo abriéndome los labios a través de las prendas. ¡Justo lo que necesitaba!

—¡Bruno! —lo llamé al ver cómo sus ojos se desenfocaban y me miraba con tal hambre, que me cortó el aliento.

Maldijo por lo bajo y una de sus manos se fue a mi nuca y me atrajo a sus labios fogosos que me besaron con más brusquedad que antes, enajenado con la visión de mi cuerpo sobre el suyo.

Con la misma camisa, me tomó de las manos y me las llevó atrás, donde me amarró con la prenda.

Jadeé al verme en aquella tesitura, a su completa disposición.

—Me gustas más así, quieta… —mencionó relamiéndose como un hambriento león que sabe que la presa le pertenece, que solo le falta hincarle los dientes en su tibia piel.

—¿Y qué harás? —pregunté contoneándome sobre él, lo que hizo que los pechos se me bambolearan frente a su cara.

Aulló y con una mano me sostuvo desde la cadera, y con la otra me agarró un pecho, alzándolo hasta el máximo. Con el pulgar me tocó el pezón y me estremecí.

Lloriqueé ante ese dulce toque posesivo, en el que me dejó claro que él tendría el control. Y estaba más que de acuerdo con ello.

—Me gustan tus tetas —indicó, sabiendo cuánto me calentaba que usase ese lenguaje un tanto obsceno.

Me apretó el pecho y jadeé.

Con esa sonrisa pícara y una mirada de advertencia, me besó el cuello, luego me lamió desde la clavícula hasta el lóbulo, el cual besó con satisfacción.

Clamé.

Me mordió la barbilla y volvió a bajar, succionó mi piel casi sin delicadeza, marcándome, hasta que llegó al escote, pasó la lengua por el canalillo, metiéndola entre mis apretados senos, para después alejarse y quedarse viéndome.

—Brinca para mí, quiero ver cómo se bambolean esas preciosuras —ordenó con la voz teñida por la lascivia. Sus ojos estaban oscuros y suspicaces.

Sonreí al entender lo que quería y comencé a moverme encima suyo, a subir y bajar, como si me estuviera penetrando, como si no hubiese ropa entre nuestros cuerpos, ropa que impedía que el motivo de mi deseo estuviera en lo más profundo de mi cavidad.

El sonido de las cadenas entrechocando era el remate de aquel acto pornográfico, morboso, que se sentía tan excitante.

Jadeé al sentir su miembro ponerse más duro con cada roce que nuestros sexos se daban cada que descendía con un poco de brusquedad, lo justo para no hacerle daño.

Sus ojos estaban fijos en los movimientos de mis senos, en la manera en la que estos oscilaban frente a su rostro, sin hacer nada. Su mano sobre mi cadera me estaba estrujando la carne, con rudeza, mientras la otra la tenía sobre mi muslo derecho y me acariciaba con descuido.

Sus pupilas se dilataron un poco más y, sin decirme que me detuviera se me echó encima y me atacó los pechos con violencia, comiéndose el primero que tuvo al alcance, con hambre, con deseo, succionando con fruición, mordisqueando el pezón para luego lamerlo con osadía.

Sollocé ante tal estimulo que me constriñó los músculos internos, que me encandiló hasta arrebolarme toda la piel, hasta que el cuerpo se me calentó con rapidez, como si hubiera puesto un inflamable en esa caldera que tenía dentro.

Arqueé la espalda y su mano sobre el muslo pasó al otro seno, me pellizcó y pegó, dejándome la piel más roja. Un cosquilleo febril me recorrió desde los pechos hasta el sexo, mojándome la entrepierna.

Sentí la tanga húmeda, muy húmeda.

La mano que tenía en la cadera me inmovilizó y luego me mordió el pezón que estiró con sus dientes. Grité y cerré los ojos.

Estaba perdida entre sus manos, y me gustaba, me gustaba que fuera tan brusco, que fuera tan posesivo, al menos en el sexo. Con el tiempo se había hecho más dominante en la cama, pese a que en otros aspectos era dulce.

Me lamió los senos, para luego seguir a mi cuello.

Su otra mano bajó por mi cuerpo, encontrándose con una de las cadenas de la tanga, las mismas que impedían quedarme desnuda sobre él.

—¿Te he dicho que me gusta cómo vas vestida? En especial porque te puedo desnudar bien fácil —dijo examinando la cadena y el punto donde esta estaba abrochada a la tanga.

Jadeé cuando sus dedos diestros dieron con la forma de quitarla.

Me pegué lo más que pude a su cuerpo y sentí sus dientes mordiéndome la piel del cuello, suave, no como lo hizo con mi pezón.

Con su mano me hizo alzar un poco la cadera, dejando que la braga me descubriera. Metió una mano desde atrás, amasando mi trasero en el proceso. Gruñó cuando me apretó la nalga y luego metió los dedos entre mis mejillas.

—¡Estás empapada! —exclamó contra mi piel.

Me estremecí cuando sus dedos jugaron con mi humedad, abriendo mis labios vaginales, tocando el clítoris sin pretender ser una caricia, no del todo, solo estaba «reconociendo» la zona, como si tal cosa…

Su dedo corazón se puso sobre la entrada de mi cavidad. Me tensé al saber que en cualquier momento me podría penetrar, que estaba tan cerca de sentir, aunque fuese, su dedo acariciándome donde más lo necesitaba, donde el fuego me estaba abrazando.

Gruñó, y gemí cuando movió el dedo en círculos, cuando su boca bajó por mi pecho, al que no había besado. Mimó mi montículo dando pequeños besos que regó por todo mi seno, sin tocar la areola, y mucho menos el pezón, aunque su barba de unos días me rozó y estimuló.

El corazón me martilló, la piel me ardía y todo mi cuerpo me pedía más.

Me removí y traté de zafarme de su improvisada atadura, no obstante, por muy pequeña que fuera la camisa, servía bien de lazo y tenía las manos inmovilizadas.

—¡Bruno! —rogué sin pudor.

Sonrió contra mi seno y me chistó, enviando aire helado a mi perla rosada. Mientras sus dedos seguían haciendo movimientos circulares que me estaban enloqueciendo.

Sus caricias taimadas eran más abrumadoras que las rudas, donde el calor me explotaba en la cara, o más bien en otros sitios… En cambio, esas atenciones incitadoras no hacían más que aumentar mi desesperación.

Se rio por lo bajo al ver mi inquietud en la forma en cómo me contoneé, pero solo logré que se detuviera.

—Entre más lo trates, menos te tocaré —advirtió juguetón.

Refunfuñé y abrí los ojos para reprenderlo con la mirada, no obstante, su lengua en el pezón me hizo gemir y entrecerrar los ojos.

No lo esperaba.

Su dedo se adentró un poco en mi húmeda cavidad y sondeó el área, sabiendo bien dónde tendría que tocar, no obstante, en su lugar, volvió a salir y a seguir haciendo ese movimiento que me estaba poniendo enferma.

Me mordí el labio sabiendo que nada ganaría con agitarme, que no me podría desatar.

Se metió el pezón a la boca y lo saboreó como si fuera golosina. El calor me abrumó, la forma en la que su lengua me estaba tocando, en la que su boca estaba adorando mi pecho, y la forma en la que su dedo seguía tentándome sin darme lo que tanto deseaba.

—¡Por favor, bebé! —lloriqueé, suplicando con la voz aterciopelada. Ya no lo soportaba, lo quería dentro, profundo, llenándome con su orgasmo, consumiéndome desde adentro.

Sonrió y alzó la cabeza.

—¿Qué me das a cambio? —preguntó con sorna, sabiendo que no tenía cabeza para nada.

—¡Lo que quieras! —respondí desesperada, percibiendo su dedo entrar en mi vagina y rozar ese punto donde me estaba eclipsando el raciocinio.

Apenas tenía los ojos abiertos, estaba tan sometida que no me estaba funcionando nada de la manera adecuada.

El corazón me latió con fuerza cuando la fricción se hizo más evidente. Jadeé dejando salir todo el aire de los pulmones.

—Si es lo que quieres… —dijo con fingida displicencia, y noté que me estaba ocultando algo.

Entrecerré más los ojos, pero no pude decir nada, ya que su otra mano se metió entre nuestros cuerpos y escuché el cierre de su vaquero oscuro bajarse.

Gemí de placer cuando noté su erección sobre la piel del monte de venus.

—Paula, ¿qué estás dispuesta a hacer? —volvió a preguntar, sacando los dedos, agarrándome de la cadera y haciendo que nuestros sexos se acariciaran.

Tenía los labios vaginales alrededor de su duro miembro.

—¡Dios! Te doy lo que quieras, de verdad —acepté sin remordimiento, con los ojos cerrados y la espalda arqueada.

Me besó el cuello y luego me levantó desde el trasero, llevando su miembro a mi entrada.

—Cabálgame —ordenó y su voz vibró.

—El condón —atiné a decir, sabiendo que no lo tenía puesto ya que pude sentir su deliciosa y caliente piel.

—No te preocupes, preciosa, por tener unas veces sexo sin condón no pasa nada —indicó y antes de que pudiera replicar, alzó la cadera y me penetró.

Jadeé dejando salir todo el aire que tenía en el cuerpo. Y sin más, comencé a cabalgarlo con ansias, me moví de arriba abajo, para luego menear la cadera en círculos, a fin de estimularme el clítoris.

Gemí y luego sentí sus labios sobre los míos, acallándome.

Me agarró con fuerza de las caderas y me hizo incrementar la velocidad.

La energía y el calor me estaban abrumando. Sentí los dedos de los pies cosquillear, mandando un rayo eléctrico desde la planta hasta mi ardoroso sexo.

Estaba brincando con tanta violencia encima de él, que sentí el tacón de las botas en los cachetes del trasero, metiéndose en mi carne.

Bruno no desaprovechó. Me pellizcó los pechos, me agarraba de las nalgas, abriéndome para que llegase más profundo, mordiéndome los labios, el cuello, haciendo todo lo que quería con mi cuerpo.

Estaba tan agitada que, en poco tiempo, estaba retorciéndome en un potente orgasmo que me detuvo y temblé con violencia, apretándolo desde adentro, algo que le tensó la mandíbula. Puse la cara contra su pecho y dejé que el orgasmo me atravesara, que me calentara el cuerpo, que me tensara los músculos y me llevara al nirvana, solo sintiéndolo dentro, no necesitaba más para llegar al paraíso, que me hizo ver todo negro y notar cómo la energía estallaba dentro de mí.

Me agarró de las caderas y me hizo levantarme.

Con las piernas flácidas, me logré poner de pie con su ayuda, aunque era una gelatina en sus manos.

Ni siquiera me había pasado de todo el orgasmo y él me obligó a estar parada.

Abrí los ojos y las luces me abrumaron. Lo vi poniéndose de pie y desplazar mi cuerpo.

—¿Qué haces? —pregunté quedo, casi sin fuerzas.

Sonrió y sin decir nada, me dio vuelta y me hizo agacharme, pegando mi frente a la mesa de la sala, dejando mi trasero en pompa.

Giré un poco la cabeza para observar lo que quería hacer.

Se volvió a sentar en el sillón y me abrió las mejillas traseras con las manos.

—No lo hagas, por favor, no lo voy a resistir —dije sin tapujos, sabiendo lo que pensaba hacer.

El corazón se me fue a los oídos y me angustió la idea de ser tocada por sus labios voraces. Estaba sensible, muy sensible.

—Podrás —aseguró antes de meter su cara entre mis piernas y lamerme con brusquedad.

Temblé y grité cuando su lengua me recorrió la intimidad desde el clítoris hasta la entrada de mi húmeda cavidad, con fuerza.

El cuerpo entero me palpitó y todo se volvió a prender en mí, con más ímpetu. Gemí cuando su lengua y labios me mancillaron, nublándome los ojos, que apenas podía ver su cuerpo, su miembro erguido que palpitaba y se movía del deseo.

Las piernas me temblaban con saña, mientras le mojaba la barbilla, mientras el fuego me consumía y me abrazaba con más fogosidad que antes.

Exploté una vez más cuando su lengua se metió en mi vagina y tuve que pegar la cabeza a la mesa para no caerme.

Me agarró de las caderas y sus labios hicieron magia para enviarme al cielo.

El cuerpo entero me vibró en mil estremecimientos. Grité y traté de moverme cuando la excitación era demasiada, no obstante, me detuvo y no me dejó salir de su agarre, hasta que todo dejó de tener sentido y la energía dentro de mí hizo combustión en mi cuerpo y sentí que todo explotaba. Grité y lloriqueé, hasta que ni él me pudo sostener y caí desmadejada sobre el piso.

Apenas lograba respirar, ni siquiera podía abrir los ojos y el cuerpo me ardía y vibraba con vigor, con las reminiscencias del orgasmo más brutal que había tenido en algún tiempo, todo por culpa de su necedad de insistir y provocarme otro orgasmo cuando estaba tan sensible.

Me agarró de la cintura y me echó sobre el sillón, quitándome las botas con cuidado, me acarició las pantorrillas, dándoles un masaje delicioso que calmó la tensión de los músculos.

Aprecié cuando se alejó, cuando su calor me abandonó, y aunque no lo dije, agradecí esos segundos de calma.

Tenía los muslos mojados de lo excitada que estaba, de los orgasmos que había tenido, el corazón me latía con prisa, no podía abrir los ojos, la piel la tenía caliente, cubierta por una ligera capa de sudor.

—¿Lista? —preguntó hincándose atrás, abriéndome las piernas y aupando mi trasero.

Gemí.

Giré la cabeza y contoneé las caderas. Estaba más que complacida, pero en todos esos orgasmos me faltó sentirlo vibrar, complementarme de esa forma tan excitante que tenía.

Su cuerpo desnudo y musculoso me hizo relamerme los labios. Estaba imponente detrás de mí, con su cabello despeinado, sus labios hinchados y restos de mi elixir sobre su barbilla. Tenía la piel resplandeciente por el sudor y a mi nariz llegó su aroma varonil y, la fragancia de nuestra excitación.

Me mordí el labio inferior y sentí cómo recobraba de a poco la fogosidad, en especial cuando capté su miembro grande, erguido, autoritario, que estaba a unos centímetros de mi abertura.

Agité el trasero y me reacomodé mejor para ponerme a su total disposición.

—Lista, aunque insisto, deberías usar condón —apunté.

—No te preocupes, me saldré antes —me guiñó el ojo.

Asentí porque también lo quería sentir piel con piel.

De a poco, se fue metiendo dentro de mí. Jadeé ante esa deliciosa caricia que era tenerlo llenándome. Llegó hasta el fondo y se quedó unos segundos así.

Jadeó al sentirme a su alrededor.

—¡Estás tan apretada! —siseó entre dientes, con la mandíbula ceñida y los músculos tensos.

Juguetona, me cerré a su alrededor, apretándolo desde adentro.

—¡Dios! —exclamó y luego comenzó a embestirme, al principio suave, delicioso, tocando los lugares correctos, para después aumentar el ritmo y subir nuestro calor, encendiendo nuestros cuerpos al máximo.

No pude apartar la vista de su escultural anatomía, masculina, que se movía con tanta destreza, que me penetraba con tanta ansia, con tal fulgor, que me estaba excitando al doble.

La sangre se me volvió lava volcánica. Estaba a punto de estallar, con el cuerpo hirviendo, los ojos entrecerrados, concentrados en la forma en cómo se le estaban apretando más los músculos del abdomen.

La cadena del corsé se escuchaba a lo lejos, tintineando, haciendo juego con nuestros quejidos.

Se agachó sobre mí, me agarró de los pechos y se hundió muy profundo, llevándonos a los dos al cielo, al paraíso donde todo mi cuerpo convulsionó en una erupción de deliciosos espasmos que me hicieron gritar, en especial cuando sentí su semen llenándome en lo más profundo.

Le arañé los músculos del abdomen, con las manos todavía atadas, mordí la tela del sillón, y me dejé llevar por la vorágine del orgasmo más devastador que había tenido en mucho tiempo, mucho más fuerte que el anterior, todo porque lo tenía a él dentro, porque lo tenía en lo más profundo, completándome.

* * *

La noche no terminó en ese instante, no.

Bruno me hizo contonearme desnuda por la casa, sin más que el corsé. Me hizo ir a traer a la cocina algunas cosas para seguir, unas fresas y crema batida, la misma que puso por todo mi cuerpo, la misma que lamió de mi piel con tal deleite que por un momento hasta pensé que era mi sabor el que más le gustaba.

Me tomó de nuevo, esa vez, con menos prisa. Así mismo, aproveché para recorrer su cuerpo, para deleitarme con su magnitud, con sus músculos, con la forma en cómo se tensaron cuando lo hice correrse dentro de mi boca.

Esa noche fue interminable, y acabamos en nuestra cama, desnudos, sin corsé de por medio, después de que él acabase de nuevo dentro de mí, convenciéndome que ya lo habíamos hecho otras veces y no había quedado embarazada. Sí, quizá tenía razón, además, no me importó, lo quería adentro, de esa forma tan idílica.

Dejé que me hiciera lo que quería, que me abrazara por la noche, sin importar que nuestra piel estaba pegajosa, sin importar que mis muslos estuvieran llenos con las muestras de nuestra excitación.

Me dejé llevar por sus caricias, por sus besos, por la forma delicada en cómo me amó por la madrugada, por esa forma en la que nuestros cuerpos se reconocieron de mil maneras, siendo fogosos, siendo delicados, siendo bruscos.

No importó la manera en la que nos amamos, solo éramos los dos, y eso era lo que más necesitaba.

—APÚRATE, BRUNO —grité furiosa, con una capa de sudor recubriéndome el cuerpo por completo.

Me apoyé en el marco de la puerta y grité con fuerza cuando el dolor me atravesó, deteniéndome antes de llegar a la calle, donde tenía el auto.

Respiré cuando la contracción pasó y me dejó tranquila por unos minutos. Estaba roja, sofocada y quería llegar al hospital antes de que todo se precipitara y acabara pariendo en plena carretera.

Bruno llegó a mí, con la maleta agarrada con fuerza y los ojos fijos en mi barriga, que sobresalía grande y redonda, evitando que pudiese verme los pies.

—¿Tienes todo? —pregunté alterada, sin poder cerrar la boca, sintiendo los senos en la garganta, todo a causa de esa barriga prominente que me presionaba la vejiga y me comprimía los órganos desde adentro.

—¡Dios, Paula, no sé qué hacer! —profirió preocupado, agarrándome del codo para ayudarme a caminar.

—Solo llévame al hospital, es tu único trabajo —indiqué enojada, porque era su culpa que estuviese así.

Entrecerré los ojos y lo miré mal. Sonrió como niño pequeño, sabiendo perfectamente la razón del porqué lo miraba de aquella manera.

—Ojalá fueras tú el que se retorciera de dolor —dije con inquina—. Pero, no, la que tiene que sufrir soy yo… «Ay, sí, no te preocupes, Paula, por tener unas veces sexo sin condón no pasa nada». «Ay, sí, descuida, me voy a salir antes». «No pasa nada, ni siquiera estás en los días fértiles» —murmuré, imitándolo, porque planeó todo aquello de dejarme embarazada, lo sabía, me lo confesó cuando le di la noticia, ¡cómo si tal cosa…!—. ¡Patrañas! —exclamé por no decir una mala palabra, porque no quería que el bebé escuchase a su madre decir una sandez.

Bruno me miró con precaución y me ayudó a subir al auto.

Resoplé cuando los senos y la panza me cortaron la respiración y tuve que reclinar el asiento para tener algo de comodidad.

Me puso el cinturón de seguridad, cerró la puerta y grité cuando entró, sintiendo cómo otra contracción me partía en dos.

—¡Maldita sea! —bramé sin poder contener la mala palabra.

—Tranquila, que llegamos al hospital en unos minutos, mientras trata de respirar como te enseñaron en el curso de maternidad —instruyó como si supiera todo del tema.

Lo miré mal y quise golpearlo.

Era su culpa…

—Como no es a ti al que le están evitando respirar con tranquilidad —apunté molesta—. No, al señorito no le cuesta respirar a causa de los pechos que le han crecido dos malditas tallas —grité.

Sus ojos se desviaron al escote de mis senos y se le dilataron las pupilas de deseo.

—Ni se te ocurra pensar así —lo regañé—. Mejor arranca el auto y llévame al hospital para que ya pueda dar a luz…

—¡Cómo diga la señora! —aceptó con gracia, sin dejar de sonreír.

El muy hijo de su madre estaba feliz, tan pánfilo. Cuando supo del embarazo celebró por lo alto. Se puso tan feliz que de inmediato dudé de su actuar y pensé en todas aquellas veces que me convenció de no usar protección, así como todas las veces que me empotró contra la pared y… ¡Dios, no era momento para pensar en aquello! Me enojaba y me ponía cachonda ante aquella idea.

El auto se deslizó por la carretera cuando otra contracción me atacó, haciéndome gritar de dolor.

El sudor me cubrió el cuerpo, tenía el cabello pegado a la cara. Las piernas las tenía hinchadas. Todo el cuerpo me cambió a causa del embarazo. Sí, seguí delgada, con la diferencia de que los senos y las caderas se me hicieron más grandes, algo que solo le gustó a Bruno, decía que tenía «más de donde agarrar», aparte de que estaba más sensible.

Claro, la idea de formar una familia no solo me gustaba a mí, sino a él.

Lo cierto es que Bruno no lo tuvo nada bien con su familia, no porque se enterasen de lo nuestro, no, en realidad no surgió así. Cuando me divorcié de Bran y lo obligué a pagarle la universidad a Bruno, no se sintió en la necesidad de seguir en contacto con él, y conmigo… Bueno, a mí me guardó rencor y me dijo de todo, aunque para lo que le importó después… Le abrió una cuenta a Bruno y le depositó mensual hasta que se graduó como ingeniero industrial y consiguió un trabajo. En todo ese rato, Bran no se interesó por cómo estaba su hijo, no le importó en lo más mínimo, solo se dedicaba a depositar el dinero, no por la culpa, o porque era su responsabilidad, sino por el acuerdo que teníamos, ese acuerdo que lo obligó judicialmente a cubrir los gastos de su hijo. Al menos él se mantuvo en contacto con Bruno en el divorcio, no como la madre, quien nunca volvió a dirigirle la palabra.

Fue una verdadera pena que esas personas fueran así, pese a que tenían un hijo tan bueno, tan adorable y...

Grité ante otra contracción, una más fuerte, que mandó un calambre por mi espina dorsal.

—Ya estamos por llegar —susurró afligido por cómo me veía.

—Ya no puedo —comencé a llorar, desesperada porque de verdad dolía mucho—. ¡Estoy muy vieja para esto! —exclamé molesta, mientras las lágrimas me corrían por las mejillas.

—¡Qué dices, tú no estás vieja! —contradijo con una preciosa sonrisa en los labios.

Hice un puchero con la boca y me sentí enternecida por esa mirada hermosa, tan celeste y limpia. Me seguía viendo como la mujer más especial de la tierra, como la más sensual, lo pude observar en ese brillo singular con el que su alma resplandecía en sus pupilas.

Lloré con más sentimiento, hasta que la siguiente contracción me hizo querer ahorcarlo, para su buena suerte, llegamos al hospital.

Se bajó con rapidez y fue corriendo dentro a pedir ayuda.

Dos enfermeros se acercaron con prontitud a ayudarme y me subieron en una silla de ruedas. Cuando estaba por sentarme, se oyó cómo algo se destapaba, y luego el líquido cayendo por mis piernas, directo al suelo.

Por suerte, el vestido no se mojó tanto y los enfermeros me ayudaron a sentarme.

* * *

En el cuarto, la doctora pasó a verme y me dijo que era muy tarde para la epidural.

—¡Quiero drogas, no aguanto esto! —vociferé cual loca, porque me estaba doliendo cada vez más, y más seguido.

La doctora negó y Bruno me tomó de la mano, me pasó un paño húmedo por la frente, y me quitó el cabello de la cara.

—Tranquila, hermosa, ya va a acabar, piensa que esto es solo un paso más para tener a nuestro bebé en brazos —trató de reconfortarme con una sonrisa radiante en los labios.

Lloré con más fuerza.

—¡Cómo no eres tú! ¡Cómo a ti no te partirá en dos la gran cabeza de tu hijo! —lloriqueé con dolor, apesadumbrada por tener que pujar.

Bruno sonrió con más decisión y me besó la frente, me tomó de la mano y me dijo que lo haríamos juntos.

«Sí, ¡cómo no!»

La enfermera y la doctora me acomodaron, me revisaron y me dijeron que había llegado el momento.

—¡Qué!, tan pronto. No se puede quedar un tiempo más ahí. Estoy segura de que está muy cómodo, al final, ya no importa cuánto me oprima los órganos —dije, sollozando.

—Vamos, Paula, usted es una mujer fuerte, seguro que no le costara nada. El bebé está coronado, así que solo tiene que pujar un poco —indicó la doctora, optimista.

Asentí con decisión, de todas maneras, no me quedaba de otra.

—Bien, a la cuenta de tres, puja con todas sus fuerzas —avisó la doctora, metiéndose entre mis piernas.

Me agarré con fuerza a Bruno, lo miré con una sonrisa forzada. Él resplandecía, estaba tan hermoso, tan varonil.

—Uno, dos, y tres —dijo la doctora.

Y la contracción llegó y pujé con todas mis fuerzas, gritando y apretando la mandíbula, mientras estrujaba la mano de Bruno.

—Venga, preciosa, tú puedes —me apoyó, aunque en ese momento no quería su apoyo, quería matarlo.

Grité y pujé por unos minutos. Pese a lo que dijo la doctora, no solo fueron unos cuantos empujes los que necesité para parir, no… ¡Qué va!

A la hora, cuando estaba por darme por vencida, toda sudada, con las mejillas arreboladas del esfuerzo y casi sin fuerza, nació nuestro bebé, un bebé hermoso, sano y fuerte.

La doctora me lo puso sobre el pecho y le preguntó a Bruno si quería cortar el cordón. Sin amilanarse, agarró las tijeras y cortó lo que nos unía a nuestro bebé y a mí.

Me quedé embelesada mirando a aquel pequeño ser que descansaba sobre mis pechos, ese pequeño hombrecito que lloraba a todo pulmón, sin ni un solo diente, rojito, con la piel suave llena de porquería de placenta y demás cosas que no sabía qué eran. Aun así, era la cosita más preciosa del mundo.

Tenía los ojos celestes, como su padre, y el cabello pelirrojo como el mío, aunque era tan poco, que parecía rubio. La naricita pequeña, así como sus manitas y sus piecitos.

Lloraba a todo pulmón, enrojeciendo sus mofletes, hasta que lo acaricié y escuchó mi voz. Se tranquilizó de a poco y sentí cómo el cariño por ese pequeño hombrecito me explotaba en el interior.

—Bruno, mira lo que hicimos —le dije llorando de la emoción. Enamorada de ese pequeño ser que sostenía.

Se acercó y le tocó la carita a su hijo, alcé la mirada y capté cómo lo observaba, con amor, un amor profundo. Sus ojos celestes brillaron cuando observó a nuestro bebé, la combinación perfecta de nosotros.

Sonreí e hipé.

—Se parece a ti —susurró encariñado.

Se agachó y besó la frente del pequeño, quien se fijó en él casi al instante y luego, me besó a mí, un beso corto con el que me dijo cuánto me quería.

—Te amo —expresó con sus ojos puestos en los míos, y noté cómo se le humedecían un poco.

Sorbí.

—También te amo, mucho, mucho —acepté feliz.

—Y bien, «papis», ¿cómo se llama este hermoso hombrecito? —preguntó la doctora, tomando al bebé para llevárselo a revisar y limpiar.

Nos miramos y sonreímos al mismo tiempo.

—Benjamín —dijimos al unísono, manteniendo una tradición tonta de ponerle un nombre con B al bebé, una tradición en su familia que, pese a no llevarse con ellos, quisimos seguir por su abuelo al que siempre le guardó especial cariño. El distinguido señor Benedicto, un señor gallardo que no logré conocer ya que murió tiempo atrás, incluso antes de que conociera a Bran, fue el hombre más importante para Bruno, su real figura paterna. Y solo por eso, valía la pena mantener la tradición.

Nuestras miradas conectaron y se acercó para besarme en los labios, un beso casto, que hizo revolotear mariposas en mi estómago, haciéndome saber todo cuánto significaba para él, así como yo le acaricié con ternura y necesidad, transmitiendo un mensaje…

—Eres lo mejor que me ha pasado —reconocí, palpando su mandíbula.

Sonrió enseñando sus preciosos dientes blancos.

—Lo mismo digo.

Nos miramos y eso fue todo, eso y tener a nuestro hijo de nuevo, tener a Ben entre nosotros, completó lo que sentíamos el uno por el otro, lo elevó por sobre cualquier cosa.

Sí, todavía no nos habíamos casado y Bruno no estaba en el trabajo de sus sueños, a veces todavía tendía a regañarlo como si fuese su madre, y tal vez él era muy pícaro y me azuzaba cada que podía, así cómo me enloquecía en la cama, llevándome al más puro de los éxtasis, no obstante, comprendí que era la mejor relación que pudiese tener, era la mejor cosa que me pudiera haber pasado, y ya nada tenía que ver con aquel adolescente que irrumpió en la boda y rompió la copa de champaña.

Ya era un hombre, *mi* hombre.

ÍNDICE

Si os ha gustado esta sugestiva novela, podéis apoyar mi trabajo
dejando un comentario, sea corto o largo, a través de Goodreads,
Amazon o redes sociales en las que me podéis etiquetar.

SOBRE EL AUTOR

Soy un ciudadano del mundo, enamorado de la silueta femenina y adorador de sus hermosas y cándidas almas que me dejan sin aliento, de ahí que me encante escribir relatos eróticos en donde ellas son las protagonistas de mi prosa.

Para más información, me podéis seguir en mis redes sociales:

En Instagram como:

@nicolas_hyde03

En Facebook como:

Nicolás Hyde

O a través de mi correo como:

03hyde@gmail.com

OTROS RELATOS

1. ATADA A ELLOS

Desde que lo vi la primera vez… Me gustó, me pareció el hombre más atractivo y varonil del mundo. Pero era un hombre prohibido, un hombre en el que nunca debí fijarme. Sentir su mirada imponente, su aroma masculino, su esencia dominante…, pudo conmigo y me dejé llevar por su propuesta indecente, una propuesta emocionante e inquietante.

«Un relato corto que te hará estrujar la sábana de tu cama y suspirar de excitación».

2. UN PACTO CON EL DIABLO

Elisa estaba harta de su vida, de que las personas la pisotearan, de hacer todo por los demás, sin recibir nada a cambio. No quería caer en los embrujos y promesas de otros. No quería ceder ante nadie, ya no más.

¡Ya no podía con su vida mediocre!, y estaba dispuesta a hacer lo necesario para obtener lo que quería, incluso venderle su alma al mismo demonio, o para el caso, su cuerpo.

Y tú, ¿dejarías entrar al diablo en tus bragas?

«Un relato ardiente que te quemará en las brasas del infierno».